NOTURNOS

Mergulhe no misterioso mundo dos monstros barulhentos!

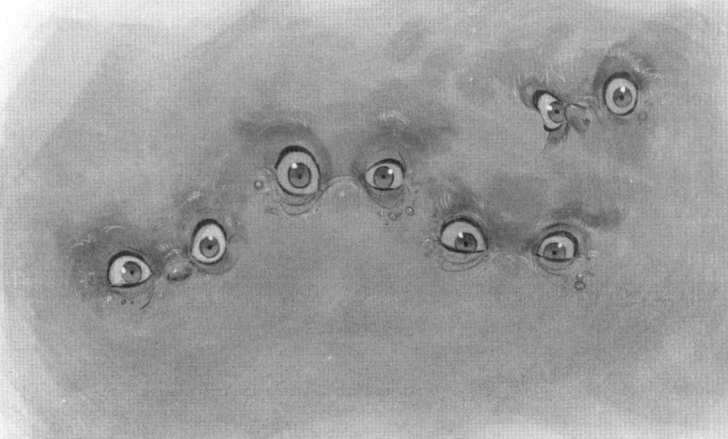

TOM FLETCHER
Ilustrado por Shane Devries

COVER, TEXT AND ILLUSTRATIONS COPYRIGHT © TOM FLETCHER, 2017
ILLUSTRATIONS BY SHANE DEVRIES FIRST PUBLISHED AS THE CREAKERS
IN 2017 BY PUFFIN, AN IMPRINT OF PENGUIN RANDOM HOUSE CHILDREN'S.
PENGUIN RANDOM HOUSE CHILDREN'S IS PART OF THE PENGUIN RANDOM
HOUSE GROUP OF COMPANIES.
COPYRIGHT © FARO EDITORIAL.

Todos os direitos reservados.
Nenhuma parte deste livro pode ser reproduzida sob quaisquer meios existentes sem autorização por escrito do editor.
Milkshakespeare é um selo da Faro Editorial.

Diretor editorial **PEDRO ALMEIDA**
Coordenação editorial **CARLA SACRATO**
Assistente editorial **LETÍCIA CANEVER**
Tradução **NATHÁLIA RONDÁN**
Preparação **GABRIELA ÁVILA**
Revisão **CRIS NEGRÃO E BÁRBARA PARENTE**
Adaptação de capa e diagramação **REBECCA BARBOZA**
Capa e design interior **TOM FLETCHER E SHANE DEVRIES**

Dados Internacionais de Catalogação na Publicação (CIP)
Jéssica de Oliveira Molinari CRB-8/9852

Fletcher, Tom
  Noturnos / Tom Fletcher ; tradução de Nathália Rondán ; ilustrações de Shane Devries. -- São Paulo : Faro Editorial, 2024.
  256 p. : il.

  ISBN 978-65-5957-692-0
  Título original: The Creakers

  1. Literatura infantojuvenil I. Título II. Devries, Shane

23-5621   CDD 028.5

Índices para catálogo sistemático:
1. Literatura infantojuvenil

1ª edição brasileira: 2024
Direitos de edição em língua portuguesa, para o Brasil, adquiridos por FARO EDITORIAL.

Avenida Andrômeda, 885 — Sala 310
Alphaville — Barueri — SP — Brasil
CEP: 06473-000
www.faroeditorial.com.br

Para Giovanna, porque ainda não dediquei nenhum livro para você, sinto muito.

Olá, crianças, adultos e MONSTROS BARULHENTOS,

Aqui quem fala é o Tom, o cara que já é adulto e autor deste livro. Música faz parte da minha vida e é muito importante para mim, foi por isso que escrevi algumas músicas especiais para você curtir junto da história.

Adoro escrever música assim como livros, então consegui unir as duas coisas... Finalmente sei como a pessoa que inventou o doce de leite se sentiu quando experimentou pela primeira vez!

Tudo que você precisa fazer é escanear este QRcode e ouvir as músicas online.

Então, na medida em que ler a história, vão aparecer códigos como esse daqui que vão dizer quando você deve tocar qual música:

Espero que goste do livro e das músicas!

TOM

Obs.:
AUMENTE O SOM!

LINGUAGEM DOS MONSTROS BARULHENTOS

Pó de dorminhoco
Pó dos monstros barulhentos que faz você dormir.

Lambedor de lixo
Não é uma coisa muito legal de dizer, jamais chame seus professores assim.

Pequenina
criança.

Enrolão
uma pessoa boba.

Bacuri
um jeito de chamar uma criança.

Catinguento
fedorento.

Espumar o cérebro
confundir.

Bobalhão
uma pessoa muito boba.

Xobaime
o mundo embaixo da sua cama onde moram os monstros barulhentos.

A TRILHA SONORA

1. Não apague a luz

2. Broches

3. Essa cidade é nossa

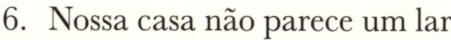

4. Cantiga de ninar da Lucy

5. Lá embaixo

6. Nossa casa não parece um lar

7. O jeito monstro barulhento de ser

8. Tudo que você nunca quis

9. Era uma vez uma lembrança

10. Diferente

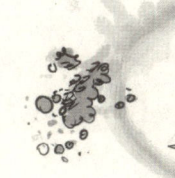

VOCÊ ESTÁ PRESTES A EMBARCAR EM UMA AVENTURA COM:

Lucy Fédor

Norman Espertalhone

Ella Échata

SUMÁRIO

PRÓLOGO – *A noite em que tudo começou*

1. *O dia em que tudo aconteceu*
2. *O bilhete de despedida*
3. *De grande ajuda*
4. *Lucy não estava sozinha*
5. *O primeiro monstro barulhento*
6. *O dia seguinte*
7. *Os quatro monstros barulhentos*
8. *O Xobaime*
9. *O plano*
10. *A armadilha de monstro barulhento*
11. *Hora de pegar monstros barulhentos*

12. Resmungão, pum, coceirinho e funguento
13. ...
14. Feitiços humanos
15. De volta ao Xobaime
16. O marshmallow dos seus sonhos
17. VOCÊ NÃO ESTÁ AQUI
18. A taverna do pântano
19. A terra dos monstros barulhentos
20. NormEllaTron
21. Lucy na terra dos monstros barulhentos
22. Presos!
23. As ordens de Lucy
24. Luz do sol
25. O rei monstro barulhento
26. O estranho trabalho do Xobaime
27. Voltando para casa

28.   *A enorme e gigantesca máquina de perfurar*

29.   *A grande ideia de Lucy*

30.   *Acorda, Baforadina!*

       Epílogo

O que espera nas sombras da noite sem fazer um pio?
O que está debaixo da sua cama e você não viu...
O que está lá esperando paciente enquanto você conta carneirinho?
O que é que não sai de lá a não ser que você já esteja dormindo?
O que é que faz todo aquele barulho, estalos e um bater chato?
Não foi seu gato, seu cachorro, nem um rato.
Esses barulhos são feitos por misteriosas criaturas.
Continue a leitura caso se atreva a conhecê-las...

... OS MONSTROS BARULHENTOS.

PRÓLOGO
A NOITE EM QUE TUDO COMEÇOU

O sol desaparecia atrás das silhuetas dos telhados da cidade de Baforadina como se um grande cachorro preto faminto estivesse engolindo uma bola de fogo.

Uma penumbra densa e assustadora recaiu como em nenhuma outra noite que a cidade já tinha visto. Até a própria lua mal tinha coragem de dar uma olhadinha de leve por trás das nuvens, como se soubesse que naquela noite alguma coisa estranha estava prestes a acontecer.

Mamães e papais por toda Baforadina colocaram os filhos para dormir, sem saber que naquela noite contariam a última história, dariam o último beijo de boa-noite e que seria a última vez que apagariam a luz do quarto.

Meia-noite.
Uma da manhã.
Duas da manhã.
Três da manhã.
Um ranger...
Um barulho estranho rompeu o silêncio.

Vinha de dentro das casas. Se todos estavam dormindo um sono profundo, quem poderia ter feito aquele barulho?

Ou talvez não fosse um quem e sim um *O QUÊ?*

…CRAAAACK!

Mais uma vez. Dessa vez veio de outra casa.

Crack!
Craaaaack!
CRAAAAACKKKK!

O ranger das tábuas de madeira do piso ecoou pelos corredores de cada uma das casas em Baforadina.

Tinha alguma coisa ali dentro.

Alguma coisa fazendo barulho.

E essa coisa não era humana.

Não houve gritos. Não houve pesadelos. As crianças dormiam tranquilas, nem sequer desconfiavam que o mundo ao redor mudara. Tudo aconteceu em silêncio, como algum tipo estranho de magia… e continuariam sem saber até acordarem na manhã seguinte, no dia em que tudo aconteceu…

CAPÍTULO UM
O DIA EM QUE TUDO ACONTECEU

Vamos começar pelo dia em que tudo aconteceu.
No dia em que tudo aconteceu, Lucy Fédor acordou.
Bom, já é um começo, mas não ficou muito emocionante, não é? Vamos tentar de novo.
No dia em que tudo aconteceu, Lucy Fédor acordou com um som estranho...
Agora sim. Vamos ver o que aconteceu depois...
Era o som do alarme do relógio tocando no quarto da mãe dela.
Bom, ficou meio chato outra vez, não é? Vamos tentar essa parte mais uma vez...
Era o som do alarme do relógio tocando no quarto da mãe dela porque a mãe de Lucy não estava lá para desligar. É que Lucy estava prestes a descobrir que enquanto ela dormia a mãe dela sumiu...

AI. MEU. DEUS!

Imagina acordar um dia e ver que sua mãe sumiu na noite anterior! Fico com calafrios toda vez que conto essa história. Aposto que você está pensando:

Essa vai ser a melhor e mais assustadora história que já ouvi. Mal posso esperar para terminar de ler e contar para os meus amigos que eu estava cheio de coragem já que não fiquei nem um pouquinho com medo.

Só que, na verdade, você ficou morrendo de medo o tempo todo.

Bom, ainda está só começando. Espera só até ler o que acontece depois que os monstros barulhentos aparecem.

Me conte se estiver com medo... porque eu estou!

Voltando para o dia em que tudo aconteceu, Lucy saiu da cama, colocou seu roupão azul fofinho e caminhou pelo piso, que rangia com seus passos; estava quente por causa da luz da manhã se esgueirando pelas cortinas.

Quer saber como Lucy era? Claro que quer! Olha uma foto dela aqui...

O cabelo dela era bem curto e marrom como lama ou chocolate. Apesar da Lucy gostar dele curto, a mãe dela insistiu para que ela usasse franja.

— Fica bem em você! — a mãe dela costumava dizer (isso foi antes de ela sumir, é claro).

Isso irritava Lucy já que a franja ficava caindo no olho; ela sempre precisava lamber a mão e passar no cabelo para jogar para o lado só para conseguir enxergar.

Os olhos dela, quando a franja não estava cobrindo, eram de um castanho-esverdeado... ou talvez fossem mais para um verde meio castanho. Enfim, eram um pouco verde e um pouco marrom. Pode parecer que não tinha nada que chamasse atenção em Lucy e é verdade, ela parecia só mais uma criança qualquer de Baforadina, o que na verdade quer dizer que ela era muito especial.

— Mãe? — Lucy chamou, andando com passos leves pela escada que levava ao quarto da mãe.

Só que você já sabe que ninguém respondeu, afinal a mãe dela tinha sumido!

O coração de Lucy começou a bater mais forte enquanto ela abria a porta devagar e colocava a cabeça para olhar lá dentro.

O livro da senhora Fédor ainda estava na mesinha de cabeceira, um marcador de livro com um pedaço para fora e os óculos de leitura em cima. A xícara vazia de chocolate quente estava ao lado. O par de chinelos bem posicionados, um do lado do outro no chão. Tudo estava como sempre. A não ser pelo barulho ensurdecedor do alarme tocando e da cama vazia e assustadora.

Lucy desligou o alarme e correu para ver o banheiro.

Ninguém na pia.

Ninguém tomando banho.

O banheiro estava vazio (ainda que fosse bem estranho se Lucy encontrasse a mãe escondida lá).

Ela correu para o andar de baixo.

Não tinha ninguém lá.

— Mãe? **MÃE?** — ela chamou, o pânico cada vez maior no tom de voz e o coração pulando feito um sapo.

Ela começou a ter a sensação de que alguma coisa terrível tinha acontecido... e Lucy conhecia bem essa sensação.

É que essa não foi a primeira vez que isso aconteceu com Lucy Fédor.

Alguns meses atrás, o pai dela também sumiu!

Bizarro, não é?

A mãe de Lucy deve ter ficado arrasada.

— Ele deve ter fugido com outra. — Lucy ouviu uma das outras mães sussurrando no parquinho da escola.

— Mas que absurdo! — disse a outra, balançando a cabeça.

Mas Lucy não achava que o pai faria algo assim. Ela não conseguia acreditar que o pai fugiria sem se despedir dela, sem deixar um bilhete, nem dizer para onde estava indo, nem sem terminar o biscoito de chocolate que deixou pela metade, além da xícara de chá, que ele mal tinha tomado, e que ela achou na mesinha de cabeceira dele na manhã seguinte.

Então, esta manhã, no dia em que tudo aconteceu, Lucy teve a estranha sensação de que existia uma ligação entre tudo aquilo, de que alguma coisa estranha estava acontecendo.

Lucy correu pelo corredor, pegou o telefone da mesinha, que sempre balançava por ter um pé faltando, e ligou para o celular da mãe (ela sabia de cor para um caso de emergência, como qualquer criança de onze anos deveria saber). Só que assim que o celular da mãe dela começou a tocar, Lucy viu o aparelho piscando no braço do sofá.

Ela desligou, se sentindo perdida.

Perdida... pé... sapatos... os sapatos da mãe dela!

Ela correu até a porta da frente. Um par de sandálias baixinhas e confortáveis com florezinhas que brilhavam estava no tapetinho, no mesmo lugar em que a mãe dela deixava todas as noites e que ela sempre calçava antes de sair de casa. Claro que a mãe dela não ia sair descalça... não é?

O coração de Lucy se apertou. Tudo isso parecia familiar demais. No dia em que o pai dela sumiu, uma das coisas mais estranhas foram as botas pretas de cano curto com cadarço amarelo favoritas dele, que usava todo santo dia, ainda estarem em frente à porta da frente, como se ele não tivesse saído. Do mesmo jeito que as sandálias da mãe dela!

Lucy sabia que só tinha uma coisa que ela podia fazer. Ela ia ter que ligar para a polícia.

Ela nunca fez isso, e o coração dela batia feito um tambor enquanto ela apertava os números um, nove e depois o zero, com os dedos trêmulos de nervoso.

O que você acha que aconteceu depois? Se você pensou que um policial atendeu e disse:

— Não se preocupe, Lucy, já encontramos a sua mãe, estamos levando ela para casa e vamos levar alguma coisa para você comer no café da manhã. O que você quer?

Então você teria errado feio e acho melhor você nunca escrever um livro.

Na verdade, o que aconteceu foi a pior coisa que poderia ter passado pela cabeça de Lucy...

Nada.

O telefone tocou, tocou e continuou tocando até Lucy desligar.

— Desde quando a polícia não atende o telefone? — Lucy falou para si mesma, sua voz parecendo mais alta do que o normal já que a casa estava toda em silêncio.

Uma vozinha na cabeça dela disse:

Quando tem alguma coisa estranha acontecendo...

Lucy abriu a porta da frente e saiu no ar fedido da manhã. Ah, era normal o ar cheirar mal na frente da casa da família Fédor. O cheiro era uma mistura de pum com chulé bolorento e um aroma forte de repolho recém-fermentado. Não era um fedor que vinha da casa – era do caminhão parado em frente. Um caminhão de lixo desses bem catinguentos, de fazer alguém torcer e tampar o nariz e ainda fazer uma careta, desses que percorrem a cidade com aquelas pessoas, com roupas laranja, correndo atrás dele enquanto coletam o lixo de todo mundo.

O pai de Lucy tinha sido uma dessas pessoas catadoras de lixo. Ele era conhecido como o homem do lixo na cidade de Baforadina, onde ele mora, *desculpa*, na verdade, MORAVA antes de sumir. Desde o sumiço dele, seu caminhão ficou parado em frente a casa, o fedor preenchendo a rua toda. É claro que a senhora Fédor tentou vender o caminhão, mas ninguém queria uma coisa velha e fedida daquelas. Até o ferro-velho de Baforadina disse que o cheiro era forte demais para eles pegarem para esmagar. Então ficou ali na frente da casa da Lucy.

Se algum dia estiver perto de um caminhão desse, dê uma fungada, mas bem de leve, e vai entender qual era o cheiro da casa da Lucy Fédor.

Enfim, vamos voltar para o dia em que tudo aconteceu.

Lá na rua da Lucy, na Rua da Tralha, ela logo viu que algo de errado não estava certo. Sempre tinha uma fila enorme de trânsito enquanto as mamães e os papais levavam os filhos para a escola, iam trabalhar, dirigiam até o correio ou cabeleireiro e faziam todas essas coisas chatas de adulto. Só que hoje não tinha trânsito. Não só isso – a rua estava vazia. Não tinha nem um carro. Lucy olhou para a esquerda, depois para a direita, e voltou a olhar para a esquerda, depois para a direita de novo e ficou fazendo isso umas vinte vezes (não vou escrever todas as vezes porque ia ficar muito bobo), mas quando ela terminou tinha certeza de que tinha razão – alguma coisa estranha estava acontecendo na cidade de Baforadina.

— Que doideira tá acontecendo? — Lucy disse para ela mesma. *Que doideira mesmo, Lucy.*

Onde estava o senhor Ratazzoni, um velhinho enrugado que fazia ioga de cueca no jardim dele? (Segundo ele, era esse o segredo para ficar jovem.)

O que aconteceu com Molly, a leiteira, que entregava jarros fresquinhos da sua van elétrica?

Para onde foi o Mário, o italiano da próxima rua que passava correndo todas as manhãs?

Onde *estava* todo mundo?

Foi então que Lucy ouviu um barulho. Seu coração deu um pulo. Será que era a mãe dela?

Um ranger demorado veio de algum lugar da Rua da Tralha, seguido de um CLANG! repentino.

— Tem alguém aí? — Lucy chamou.

— Mãe? — Uma voz fina perguntou detrás da cerca do jardim umas duas casas depois.

— Ah, Ella! É você!

Lucy respirou aliviada quando Ella Êchata apareceu. A primeira coisa que viu foram os cachinhos do cabelo dela, depois a bochecha fofa e os olhos grandes e castanhos. Ela estava com um pijama rosa-choque de seda brilhante com as iniciais do nome bordadas no bolso. Em uma das mãos, a menina segurava óculos cor-de-rosa em formato de coração. Lucy nunca viu Ella sem eles.

— Lucy, não consigo achar nem minha mãe nem meu pai, e preciso que alguém amasse abacate para mim — Ella resmungou.

TOQUE A MÚSICA 2:

Antes que Lucy tivesse tempo para responder, outra porta se abriu do outro lado da rua.

— Pai? — sussurrou Norman Espertalhone, um garoto que estudava na mesma série de Lucy, enquanto saía para o jardim em frente da casa dele. Norman estava com um uniforme de escoteiro bem-passado e limpinho. Lucy nunca tinha visto tantos broches e condecorações como as que ele usava. Aqui vai uma lista dos broches de Norman:

- *Broche por escalar árvores;*
- *Broche por montar barracas;*
- *Broche por passar manteiga em torradas sem esquecer das bordas;*
- *Broche por ganhar desafio em ambiente interno;*
- *Broche por ganhar desafio em ambiente externo;*
- *Broche por arrumar a cama;*
- *Broche por fazer um bolo;*
- *Broche por comer um bolo que fez na cama que arrumou;*
- *Broche por se lembrar de lavar o umbigo;*
- *E até um broche por ganhar muitos broches.*

... e ainda tinha espaço para ele colocar mais broches.

— Ah, oi... é... quer dizer, bom dia, civis!

Norman disse e ergueu, todo nervoso, três dedos em uma saudação de escoteiro, e depois

ficou enrolando o cabelo castanho-claro bem-penteado. Com a outra mão, cobriu a boca para esconder seu aparelho, que mais parecia um trilho de trem.

— Por acaso vocês viram meu pai? — ele perguntou, pegando um pouco de lama do jardim e cheirando como se para tentar seguir o rastro do pai pelo cheiro. Quando Norman se abaixou, Lucy reparou nas meias dos Transformers dele.

Ella soltou uma risadinha, não estava rindo dele; ela só achava Norman engraçado. Todo mundo achava. Norman era... diferente.

Às vezes, as pessoas riem de quem é diferente, mas quem é diferente é que faz a diferença, Lucy ouviu a voz do pai dela dizer na sua cabeça. Ele tinha o próprio jeito de ver as coisas. Nos dias nublados, ele dizia para Lucy:

— O sol só está descansando para brilhar mais amanhã!

Quando ela chegou em segundo lugar, perdendo para a amiga Giorgina na corrida de saco, na gincana da escola, ele disse:

— Não fique triste, na verdade, você acabou de deixar a sua amiga superfeliz!

E quando ela perguntou se ele gostava de ser lixeiro, ele respondeu:

— Você nem imagina o que as pessoas jogam fora, Lucy. O que é lixo para um, pode acabar virando o par de botas favorito de outro! — Então bateu os calcanhares e piscou um olho.

— A gente não viu seu pai — Lucy disse depois de um tempo pensando no desaparecimento do pai e dando uma cotovelada para Ella parar de rir. — Minha mãe também sumiu.

Uma outra porta se abriu de repente e Molenga Maoleve saiu correndo aos prantos pela rua. Então veio Pedro Pedregulho, com os sapatos no pé errado. Depois apareceram William Grandalhoso e Brenda Aiquedor, também procurando o pai e a mãe, e então mais uma criança e outra e mais outra, até que, uma por uma, quase todas as crianças da rua estavam de pijama, roupão e pantufa, do lado de fora das casas, procurando os pais. Vovós e vovôs, tios e tias, todos tinham sumido também. Não tinha sobrado nem um adulto.

A Rua da Tralha virou uma baderna só: algumas crianças choravam, outras riam e algumas poucas continuaram dormindo sem fazer ideia do que estava acontecendo.

— O que está acontecendo? — elas gritavam (as que estavam acordadas).

— Cadê nossos pais? — perguntavam.

— O que vamos fazer?

Lucy respirou fundo e tentou pensar:

— O que minha mãe faria? — ela disse para si mesma. — Como minha mãe descobriria o que estava acontecendo?

Sem se dar conta do que estava fazendo, Lucy de repente subiu pela escada do caminhão de lixo fedorento do pai e gritou bem alto para todos ouvirem:

AS NOTÍCIAS!

Houve um silêncio. Todo mundo se virou para olhar para Lucy.

— Precisamos assistir às notícias na TV! Eu sei que é muito chato, mas sempre que minha mãe quer saber das coisas que estão acontecendo ela assiste ao jornal.

As crianças olharam umas para as outras, sem ter muita certeza daquela solução. Sei que você sabe que não existe nada mais chato do que ver um noticiário na TV, mas Lucy tinha razão.

— Ela está certa — Norman sussurrou para Ella, com medo de dizer aquilo em voz alta.

— **ELA ESTÁ CERTA!** — Ella gritou, já que não tinha medo de ninguém.

— Vamos lá para a TV, então! — Todas exclamaram juntas e cada uma das crianças da Rua da Tralha em Baforadina saiu correndo para dentro da casa de Lucy, deixando ela pra trás.

Dentro de instantes, a sala de estar de Lucy estava abarrotada do tapete até o teto de crianças assustadas em seus pijamas. Tinha criança sentada no chão. Tinha criança sentada na outra criança sentada no chão. Tinha até criança sentada na criança sentada na outra criança no chão!

Estavam todas apavoradas, muito porque seus pais tinham desaparecido, mas também porque estavam prestes a assistir ao noticiário por conta própria.

Lucy ligou a TV.

— Tem pipoca? — Uma criança sentada no chão perguntou.

— Acho que não tem — Lucy respondeu.

— E biscoito de chocolate? — perguntou

uma criança sentada em cima de outra criança que estava sentada no chão.

— Também não tem biscoito de chocolate. Minha mãe parou de comprar depois que... deixa para lá. Não tem e pronto.

— Quer dizer que vamos ver TV sem nada para comer? — resmungou Ella, que estava sentada em cima de uma criança sentada em outra criança sentada no chão.

— Tá bem, vai, vou ver o que tem — prometeu Lucy e saiu correndo para a cozinha.

Ela voltou alguns minutos depois com todas as caixas de cereais que achou na despensa e distribuiu entre as crianças:

— Pega um punhado e vai passando — ela disse e voltou para tentar achar o canal onde passava o noticiário 24 horas.

Assim que encontrou, seu coração deu um pulo.

— Ai, não! — Lucy gritou. — **OLHA!**

A multidão de crianças cuspiu todo o cereal, dando um banho de baba em toda a sala.

Na TV, aparecia a mesa de sempre do noticiário, os papéis e a caneca de café de sempre, mas tinha uma coisa bem diferente dessa vez:

A apresentadora do noticiário não estava lá!

Ella saiu abrindo caminho até chegar à frente:

— Tenta outro canal! Vai ver a TV está quebrada, Lucy. Você não tem o número de quem conserta TV colado nela? — ela exigiu e olhou para Norman, que fazia o possível para se esconder quando todo mundo olhava para ele.

— Talvez eu possa dar uma olhada? — ele disse, morrendo de vergonha enquanto as crianças o empurravam pela sala até a televisão. — Desculpa, ops, cuidado! — ele resmungava enquanto pisava no dedo de quase todo mundo.

— E então? Por que não tá funcionando? — Ella disse, batendo o controle do lado da TV.

— É... bom... na verdade, eu tenho um broche em funcionamento de TV e controle remoto. E já que sou o único membro da tropa de escoteiros de Baforadina que está aqui hoje...

— Na verdade você não é o único membro da tropa de escoteiros e ponto-final? — Ella perguntou. Todo mundo riu.

Norman se sentou com uma expressão de derrota, no que ele achou ser o braço do sofá, mas na verdade era a cabeça de uma criança sentada em cima de outra criança.

— Toma, faz o que puder — Lucy disse depois de pegar o controle de Ella e dar para Norman. Ele abriu um sorriso para ela, se esquecendo de esconder o aparelho. Ele passou por vários canais na esperança de achar qualquer adulto por ali.

Amanhecer Boboca, um programa de televisão para crianças, estava sem o palhaço Divertiti levando tortas na cara hoje. *Acorda, Baforadina* estava sem o William *Boanoiter*. Norman passou pelos canais de esporte, os canais de compras, os programas de culinária, Previsão do Tempo de Baforadina e todos os canais de que se lembrava. Não tinha nenhum adulto em nenhum deles.

Parecia que todos os adultos do planeta tinham sumido da noite para o dia, desde a mãe da Lucy até o apresentador do noticiário...

... todos tinham **SUMIDO!**

Bom, esse não foi o último capítulo, mas só queria dar uma passadinha aqui para ver se está tudo bem por aí. Eu sei que a história é de dar medo, mas, confia em mim, no final tudo dá certo. Pelo menos eu acho que sim. Talvez. Na verdade, não lembro bem o que acontece. Pode ser que fique BEM assustadora... acho que vamos ter que continuar para saber.

Boa sorte...

CAPÍTULO DOIS
O BILHETE DE DESPEDIDA

Todas as crianças olharam para Lucy, esperando que ela dissesse o que deveriam fazer agora. E se perguntando se ela tinha mais cereal.

— Queria ter uma resposta para vocês! — Lucy disse, se desculpando. — E mais cereal. Mas a verdade é que não faço ideia do que fazer, e vocês já comeram tudo.

Várias crianças começaram a chorar. Até algumas das crianças mais velhas (elas pediram para não escrever essa parte no livro, mas vou colocar sim, tanto as partes boas, quanto as ruins. Você choraria se acabasse o cereal? Ainda mais se naquele dia seu pai e sua mãe tivessem sumido?).

Pensa, Lucy, pensa!, foi o pensamento de Lucy. *Estou tentando, mas você não para de falar*, Lucy respondeu ao pensamento. Sua mente ficou em silêncio por um momento, mas a única coisa em que ela conseguia pensar era como ela queria ter aprendido na escola o que fazer caso um dia acordasse e a mãe tivesse sumido. Isso seria bem mais útil do que a tabuada do seis!

— É isso! — Lucy gritou de repente, fazendo metade das crianças dar um pulo.

— O que foi? — respondeu Norman enquanto tirava da mochila um fogareiro e começava a preparar um café da manhã com direito a ovos e bacon.

— A escola, é claro!

Todos olharam para ela como se de repente não estivessem mais conseguindo acompanhar a história.

— Precisamos ir para a escola — ela repetiu.

— Primeiro você *queria* ver as notícias, agora *quer* ir para a escola... Que criança estranha você é! — Ella comentou, colocando os óculos de sol em formato de coração apesar de estar dentro de casa, como se fosse uma celebridade.

— Sou só uma criança que quer descobrir o que está acontecendo e encontrar nossos pais! Já tentei ligar para a polícia. Já tentamos a televisão. Agora só tem mais um lugar... a escola! — disse Lucy.

A multidão de crianças que observava piscou ao mesmo tempo. Ninguém ali queria ir para a escola, mas, por outro lado, Lucy tinha razão.

— Certo. Estou indo. Quem vem comigo? — Lucy disse, cheia de esperança.

As outras crianças resmungaram desanimadas:

— Tá bom, vai.

— Fazer o quê, né?

— Se não tem outro jeito...

— Tem certeza de que acabou o cereal?

— Mas meus ovos ainda não estão cozidos — disse Norman, olhando para o relógio.

Lucy ignorou todos e saiu da sala. Alguns instantes depois, ela voltou com o uniforme escolar, pronta para um dia de aula normal.

— Por que você está usando isso? — Ella soltou o ar pelo canto da boca com desdém, abaixando os óculos um pouco para olhar para Lucy.

— Se os professores estiverem na escola, não posso aparecer lá de pijama, eles nunca vão me levar a sério se eu fizer isso — Lucy disse. Sentiu as bochechas queimando já que a sala toda estava olhando para ela. Mas Lucy não era o tipo de criança que faltava à escola. Assim como também nunca tinha aparecido lá de pijama. Ela gostava das aulas e de aprender.

— **Uma criança que quer ficar inteligente já é uma criança inteligente** — Lucy disse. — Meu pai me falou isso uma vez.

Depois de dizer isso, Lucy pegou a mochila, colocou nas costas e saiu pela porta, fingindo não estar nem aí para as outras crianças.

Ela saiu andando, indo para a escola de Baforadina, pela rua que costumava ficar cheia de carros. Já que estava vazia, ela resolveu andar no meio da rua mesmo. Isso a deixou com uma sensação estranha.

Lucy passou pelo açougue do velho Cortez – **FECHADO.**

Passou pela biblioteca de Baforadina – **FECHADA.**

Andou pela *Doces, Delícias e outras coisas da senhora Rabiscadelli* – **FECHADA! FECHADA!! FECHADA!!!**

Baforadina tinha virado uma cidade-fantasma.

De repente, Lucy ouviu passos atrás dela. Ao se virar, para sua surpresa, a multidão de crianças, que estava na sua sala, a estava seguindo. Mais crianças se juntaram a elas, outras corriam pela calçada enquanto meninos e meninas começavam a sair de suas casas para se juntar a eles.

37

— Lá vai ela. — Lucy ouviu uma criança sussurrar.
— A garota que quer ir para a escola.
— Ela sabe o que fazer.
— Ela é a líder.
Líder?, Lucy pensou. *Por que é que sou a líder?*
Só que antes que pudesse protestar, um monte de crianças perto dela começou a empurrar Lucy, forçando-a a continuar andando e a liderar o caminho até a escola.
— Que doideira é essa? — Lucy disse. — Esperem um pouquinho!
E todas as crianças pararam.
— Em primeiro lugar, eu não sou a líder — Lucy disse.
As crianças continuaram paradas, esperando ouvir um *em segundo lugar...*
— Em segundo lugar...
Lucy ainda não tinha pensado num segundo.
— É... em segundo lugar, já estamos atrasados, então é melhor apertarmos o passo! — Ela lambeu a mão e passou na franja colocando-a de lado e marchou para a escola com o exército de crianças ainda de pijamas e chinelos logo atrás dela; os menores ainda arrastavam um ursinho de pelúcia com eles para a aventura. Lucy sentiu que tinha conquistado alguma coisa. Tinham assumido o controle da situação. As coisas ficariam melhor.
Pelo menos era o que ela achava.
O som abafado de chinelos pisando o asfalto preencheu o ar enquanto caminhavam para a escola. Com certeza teria um adulto lá que poderia ajudar.
Só que quando chegou aos grandes portões da escola de Baforadina, Lucy parou de repente, fazendo todo mundo bater um atrás do outro.
— Me desculpe fazer vocês me seguirem até aqui, mas o portão da escola está trancado! — Lucy disse, erguendo o enorme cadeado de metal para todos verem. Então ela olhou

por entre as grades dos portões, procurando algum sinal de vida lá dentro. Só que as janelas da escola estavam escuras. Não tinha nenhum adulto lá dentro naquele dia.

Lucy engoliu em seco enquanto vários rostos decepcionados olhavam para ela.

— O que vamos fazer agora? — uma vozinha gritou.

— Não sei — Lucy respondeu, se sentindo péssima por ter decepcionado todo mundo.

— Ah, se eu tivesse um alfinete. Tenho um broche em arrombar cadeados, sabe? — disse Norman, apontando o broche todo orgulhoso.

— Para onde foram todos os adultos? — Ella resmungou.

— Também não sei — disse Lucy.

— Acho que foram para o leste — disse Norman, comparando sua bússola com a posição do sol.

— Por que isso está acontecendo? — as crianças gritaram.

— **EU NÃO SEI!** — Lucy gritou, sentindo um nó se formar em sua garganta. — Não sei o que está acontecendo, para onde os adultos foram ou se eles vão voltar. Acordei e, como todo mundo aqui, vi que minha mãe tinha sumido... e é isso! Não tenho respostas. Sou só uma criança igual a vocês!

Todo mundo soltou um suspiro decepcionado. As crianças menores abraçaram seus ursinhos. Todos esperavam que Lucy fosse uma dessas crianças superinteligentes como nos filmes... sabe, aqueles filmes em que alguma coisa dá errado e de alguma maneira sempre tem aquela criança que sabe como consertar?

Só que não se deram conta de que Lucy com toda a certeza era uma dessas crianças.

Ela só não sabia disso ainda.

— É melhor vocês irem para casa e esperarem lá. Acho que é mais seguro assim — Lucy disse.

Devagar as crianças começaram a ir embora. De cabeças baixas e os pés arrastando pela terra enquanto voltavam pelas ruas desertas até as casas vazias.

Lucy encostou a cabeça na grade fria do portão. *Minha mãe sumiu, a polícia sumiu, os professores sumiram, e acabou o cereal. Isso é péssimo*, ela pensou.

Ela estava prestes a ir para casa quando uma rajada de vento soprou pelo seu rosto e a fez se virar. Soprou pelo parquinho até a porta da frente da escola.

Às vezes, um vento sopra no lugar certo, na hora certa, te fazendo olhar na direção certa.

Seu coração deu um pulo.

— Esperem! — ela gritou e todas as crianças pararam de repente e se viraram. — Olhem! — ela acrescentou, apontando para um pedaço de papel na porta.

Sem pensar duas vezes, Lucy começou a escalar os enormes portões. Assim que seus dedos alcançaram a parte de cima, seu pé escorregou por um espaço entre as barras de metal. Ela conseguiu se segurar firme, mas os pés balançavam no ar, tentando se apoiar em alguma coisa.

Todos arfaram, assustados.

Então, de repente, Norman fez uma coisa estranha. Ele correu até Lucy e ficou de quatro embaixo dela, como se fosse um cachorro.

— O… que… está… fazendo?! — Lucy se esforçou para dizer enquanto se segurava na parte de cima do portão.

— Alguém precisa subir nas minhas costas — Norman disse, tão baixinho que quase ninguém ouviu.

— **ALGUÉM PRECISA SUBIR NAS COSTAS DELE!** — Ella gritou o mais alto que conseguiu.

Foi então que as crianças entenderam o que Norman estava tentando fazer... uma pirâmide humana! Duas meninas mais velhas se agacharam rápido ao lado dele e mais algumas crianças subiram nas costas delas. Enfim as pontas dos pés de Lucy esbarraram pelo bumbum de alguém e ela conseguiu pisar neles, terminando a pirâmide.

— Obrigada! — Lucy disse enquanto passava as pernas por cima do portão com facilidade, se jogou no parquinho vazio e correu até o pequeno pedaço de papel fixado na porta. Ela esticou o braço, arrancou a tachinha e pegou o papel. Suas mãos tremiam de nervoso enquanto ela virava, examinando o papel.

Era uma carta e parecia ter sido escrita para as crianças.

Quanto mais ela olhava para a letra marrom borrada, mais ela se preocupava com o que estava escrito naquela carta. Tinha alguma coisa naquela palavra bem na frente que parecia assustadora.

CRIANZUM

Talvez fosse o jeito que brilhava na luz do sol; não de um jeito legal e sim de uma maneira assustadora e estranha.

— Me dá a tachinha! — Norman disse, esticando a mão pelo portão.

Lucy deu a tachinha para ele, e Norman começou a tentar abrir o cadeado com ela. Depois de alguns segundos mexendo e remexendo, ele conseguiu abrir os portões para Lucy voltar a ficar com as outras crianças.

— Não falei? — ele falou para ela com um sorriso que mostrava o aparelho enquanto esfregava orgulhoso o broche de abrir cadeados.

— Leia então, Lucy! — gritou Ella.

Com as mãos tremendo, Lucy deu uma alisada no papel e respirou fundo.

— O que está escrito? — Norman perguntou, tirando um par de óculos de leitura do bolso do uniforme de escoteiro.

Na mesma escrita suja e marrom, isto estava escrito:

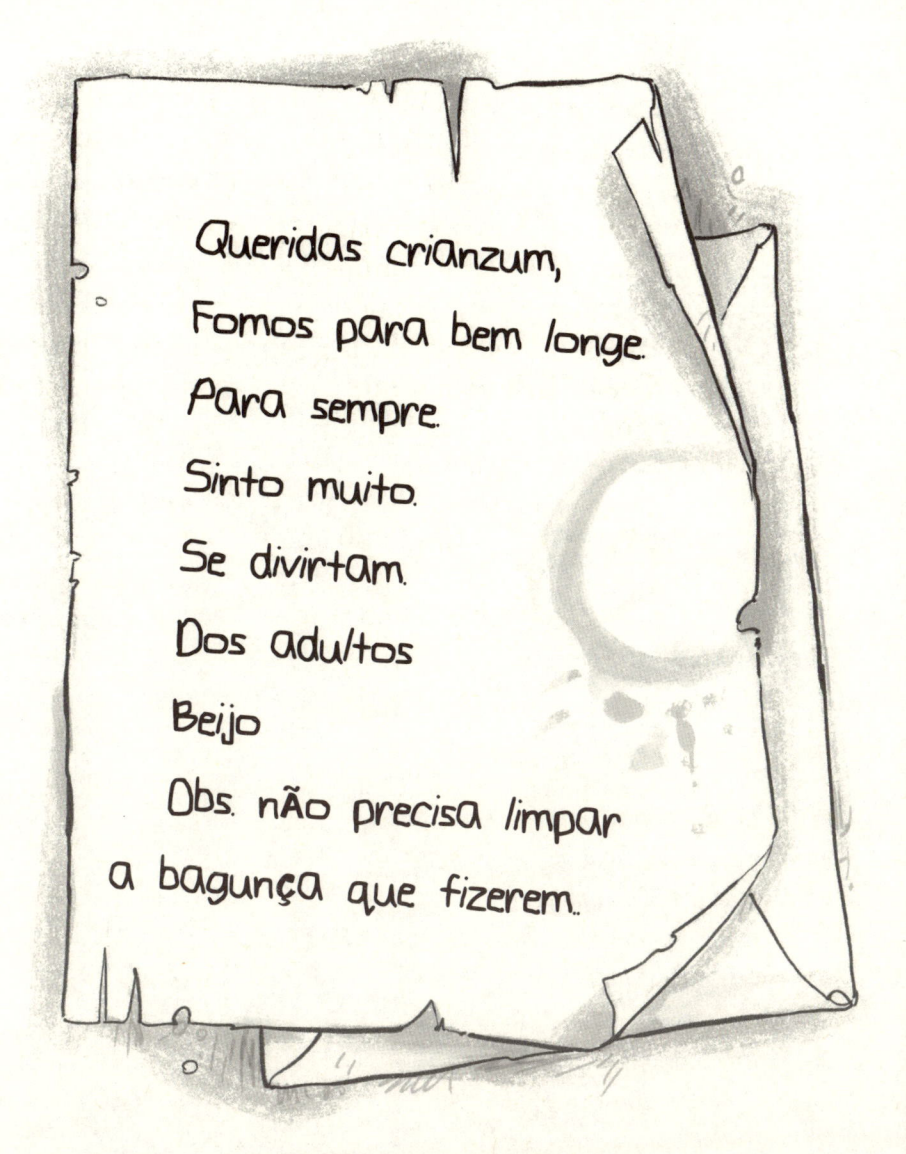

> Queridas crianzum,
>
> Fomos para bem longe.
>
> Para sempre.
>
> Sinto muito.
>
> Se divirtam.
>
> Dos adultos
>
> Beijo
>
> Obs. não precisa limpar a bagunça que fizerem..

Todos ficaram em silêncio. Os adultos tinham ido embora. Para sempre.

As crianças estavam sozinhas.

Sem adultos para cuidar delas.

Sem adultos para falar o que elas tinham que fazer.

Sem adultos para impedir que elas façam tudo o que quiserem.

TOQUE A MÚSICA 3:

[QR Code]

Lucy baixou a carta, tensa, enquanto a multidão de crianças gritava em comemoração, pulando e batendo nas mãos uma das outras. Agora a cidade era delas!

— Estou com um péssimo pressentimento... — Lucy disse para si mesma.

— Eu também — disse Norman, que Lucy não tinha percebido bem ao lado dela, se esgueirando para ler a carta também.

— Esse vai ser o melhor dia da minha VIDA! — a voz de Ella ressoou dentre a multidão alegre.

Viu, esse capítulo não teve nada de dar medo, não é? Imagine um mundo em que não tem nenhum adulto para te dizer: não coma doze barras de chocolate!, não sente tão perto da televisão, ou então, não se pendure na janela daquele prédio de quatro andares. Imagine só! O que você faria se não tivessem adultos por perto? Aaaah, isso vai dar um baita de um capítulo! Vamos ver o que Lucy fez.

CAPÍTULO TRÊS
DE GRANDE AJUDA

Lucy foi para casa e começou a fazer a tarefa.
— Ai, Lucy, você é tão chata!
— Não sou, não! — disse Lucy.
É sim! Ninguém comprou este livro para ler sobre você fazendo a tarefa! Este livro conta como você salvou a cidade!
— Ah, é? — Lucy perguntou.
Sim, deixa essa tarefa aí e vai lá!
Lucy largou a tarefa e foi lá.
Primeiro, ela tirou o uniforme da escola e colocou o macacão jeans favorito dela.
— Bom, já que não vou para a escola, vou ficar confortável — ela disse para si mesma, fechando os botões e se sentindo pronta para fazer e acontecer. Engraçado como os macacões fazem isso com as pessoas.
— Agora sim — ela disse, lambendo a mão e colocando a franja de lado.
Enquanto ela fazia isso...

CRAAASSHH!

Lucy correu para fora e viu um carro no jardim da frente. Vapor e fumaça assoviavam ao sair do motor, e ela ouvia risadas vindo de dentro.

— Que doideira é essa? — Lucy gritou enquanto a porta do motorista se abria e ela viu quem estava dirigindo. Na verdade, eram duas pessoas: duas crianças mais novas que eram da escola dela. Eram irmãos e sempre se metiam em encrencas.

— Buzz? Buddy? — Lucy gritou. — O que estão fazendo?

Buzz estava atrás da direção e mal conseguia ver alguma coisa pela janela, enquanto Buddy se agachou no chão e apertava os pedais.

— Só saímos para dar uma volta — Buzz explicou.
— Mas você é muito novo para dirigir!

Buddy gritou detrás da direção:

— Por que paramos?

— Acho que acabou a gasolina — Buzz respondeu.

— Vocês pararam porque bateram, seus cabeça de ovo, e por sorte não se machucaram ou bateram em alguém — Lucy gritou. — Agora saiam do carro ou vou contar para... — ela fez uma pausa.

Os dois meninos olharam para ela.

— Para quem? — perguntou Buzz, e os dois meninos deram um sorrisinho sapeca de quem sabe que não vai acontecer nada com eles.

— Ah! — Lucy disse, de repente se dando conta de que não tinha ninguém para contar aquilo. Ninguém para impedir aqueles meninos de fazerem o que eles quisessem.

Ela ia ter que se virar sozinha.

— Bom, crianças não podem dirigir carros. É bobeira e é perigoso — Lucy disse, então esticou o braço para dentro do carro pela porta, desligou o motor e pegou as chaves.

— Ei, essas chaves são do papai! — Buzz disse. — Não pode ficar com elas, isso é roubo!

— Exato, são as chaves do seu pai, do carro do seu pai. O que ele diria se visse vocês dois agora? — Lucy disse.

— É, mas ele não tem como ver a gente agora, não é? — respondeu Buzz.

— Mas vai ver quando ele voltar. Ou vocês acham que seu pai nunca mais vai voltar? — Lucy perguntou.

O rosto de Buzz mudou de repente.

— Claro que vai voltar! — Buddy insistiu.

— Que bom, e quando ele voltar, pode falar para ele vir aqui pegar as chaves comigo. Até lá, vão ficar aqui. — E Lucy colocou as chaves no bolso do macacão.

Ela estava prestes a entrar quando escutou alguém chamar seu nome mais adiante na rua.

— Lucy! Lucy! Me ajuda!

Lucy seguiu o som dos gritos abafados até a porta da casa de Ella e entrou. Ella tinha ficado presa dentro da máquina de lavar enquanto brincava de esconde-esconde. Em sua defesa, ninguém tinha encontrado ela por três horas e até lá todos já tinham cansado de brincar daquilo, então, tecnicamente, ela tinha ganhado.

— Isso! Arrasei! — Ella disse em comemoração enquanto Lucy abria a porta com cuidado usando uma chave de fenda, do mesmo jeito que o pai fez uma vez, e então Ella ficou livre.

— Bom, hora de comer um sanduíche! — Lucy disse para si mesma, esfregando a barriga faminta, mas...

— **LUCY! ME AJUDA!** — outra voz chamou.

Lucy suspirou e foi rápido na direção da criança em apuros. Quando terminou de ajudar aquela, apareceu mais uma, e outra, e mais outra… seguidas por mais crianças ainda!

Naquele dia – no dia em que tudo começou – doze crianças ficaram com a cabeça presa dentro de um pote de biscoitos. Sete enfiaram massinha no nariz e não conseguiram tirar. Uma conseguiu se pintar inteira de roxo… até mesmo o umbigo! E todas as crianças queriam a ajuda de Lucy.

O dia de Lucy continuou assim até muito depois do pôr do sol. Ela acabou ajudando metade da população de Baforadina e até o final do dia você nem acreditaria no estado em que a cidade ficou.

Como assim, você acreditaria?

Tá bem... dá só uma olhada nisso.

As casas estavam tão bagunçadas que pareciam decoradas para o Halloween. Tinha papel higiênico pendurado nos galhos de todas as árvores, as janelas estavam todas bem abertas e sofás tinham sido arrastados até o jardim com crianças pulando neles.

SEM TIRAR OS SAPATOS!

Em uma das casas, tudo que tinha na sala de estar foi espalhado pelo telhado, já em outra, o telhado todo estava na sala de estar. Era como se Baforadina inteira estivesse virada de cabeça para baixo! Não tinha passado nem vinte e quatro horas desde que os adultos sumiram, mas a cidade já parecia o cenário de um filme apocalíptico.

Enquanto caminhava para sua casa naquela noite, Lucy ajudou qualquer um que precisasse, recolheu o máximo de lixo que conseguia e jogou tudo atrás do caminhão do pai.

Ser responsável fazia parte de quem Lucy era desde que o pai foi embora. Ela viu como foi difícil para a mãe e por isso precisou crescer rápido.

Então, enquanto as outras crianças passavam o primeiro dia sem adultos, fazendo bagunça, aprontando, ficando acordadas até mais tarde, comendo sorvete no jantar, e hambúrguer de pizza para sobremesa (hambúrguer de pizza são dois pedaços de pizza no lugar do pão do hambúrguer, é muito bom... você devia experimentar se algum dia seus pais sumirem), Lucy estava se preparando para dormir. Ela foi a única criança em Baforadina que escovou os dentes naquela noite. Também foi a única que lavou a louça, levou o lixo para fora, colocou o pijama, leu uma história para ela mesma antes de dormir e apagou as luzes.

Enquanto ela estava se aconchegando no travesseiro, uma barulheira rompeu o silêncio.

— Lucy, tem como você devolver as chaves do carro do nosso pai? — chamou Buzz do lado de fora. A voz alta dele ecoou até chegar nela e, quando Lucy colocou a cara para fora da janela, viu que estavam usando um megafone. — Prometemos que não vamos dirigir.

— Mas você disse que nós íamos bater o recorde de velocidade — sussurrou Buddy, a voz amplificada pelo megafone.

— Xiu! — repreendeu Buzz.

Lucy desceu as escadas, esticou o braço pela porta da frente e arrancou o megafone dos garotos barulhentos. Ela escondeu em um lugar seguro junto com as chaves do carro do pai deles: dentro da geladeira.

Tudo estava quieto, e Lucy estava morta de cansaço. Ela subiu de novo para o quarto e entrou debaixo das cobertas.

— Enfim, paz! — ela suspirou.

Só que Lucy não se deu conta de que apesar de o pai e a mãe não estarem lá, ela não estava sozinha.

Tinha mais alguém na casa de Lucy.

Tinha mais alguma coisa no quarto de Lucy.

Alguma coisa escondida embaixo da cama de Lucy, só esperando ela pegar no sono, assim como todas as noites...

Certo, as coisas vão ficar um pouquinho assustadoras. Não vai dizer que eu não avisei. Está pronto? Respire fundo.
Aqui vamos nós...

CAPÍTULO QUATRO
LUCY NÃO ESTAVA SOZINHA

Os olhos de Lucy estavam pesados. Ela estava exausta depois de passar o dia todo ajudando as crianças de Baforadina a se acostumarem com a vida sem adultos por perto. Só que, apesar de nunca ter ficado tão cansada em toda a sua vida, por algum motivo ela não conseguia dormir.

Ela se deitou na cama e começou a imaginar que estava afundando tranquila no colchão, como se fosse uma nuvem fofinha. Lucy fechou os olhos e por um instante viu a mãe sentada na beirada da cama como ela costumava fazer toda noite. Ela tirava o elástico de cabelo e deixava os cachos castanhos caírem pelos ombros enquanto tomava um gole da xícara de chocolate quente que elas dividiam toda noite e entregava para Lucy.

— Feche os olhos, Lulu — senhora Fédor costumava dizer, os olhos castanhos brilhando. — Finja que está flutuando na nuvem mais fofinha. Leve como uma pena.

— Mas, mãe, estou bem acordada, não vou conseguir dormir. É impossível! — Lucy respondia.

— Não existe nada que seja impossível, Lulu. Está tudo na sua cabeça.

Lucy sentiu os lábios formarem um sorrisinho quando a mãe a chamava de Lulu. O pai dela também a chamava assim. Antes de ir embora.

De repente, a nuvem fofinha na qual ela estava flutuando na imaginação desapareceu, e ela só estava deitada no colchão frio, no quarto vazio dentro da sua casa vazia. Sozinha.

O impossível parecia existir, sim.

Ela fechou os olhos rápido novamente tentando voltar para a nuvem fofinha. Tentou imaginar como se o corpo estivesse afundando nela. Era sua coisa favorita no mundo de se imaginar. Só que na noite do dia em que tudo começou, a cabeça de Lucy não conseguia mais imaginar as coisas como antes. Sua nuvem fofinha não era mais tão fofinha sem a mãe ali.

Onde você está, mãe?, Lucy pensou enquanto se virava de lado e olhava pela fenda da cortina para a lua cheia que observava a cidade de Baforadina lá do céu. Será que a mãe dela estava em algum lugar lá fora?

Lucy tentou não se preocupar. Ela se virou de um lado para o outro, e depois do outro para o lado. Só que nenhum lado funcionou, então ela resolveu ficar de costas, olhando para o teto. Seu coração se apertou quando ela viu as estrelinhas e os planetas que brilhavam no escuro: certa vez o pai dela tinha colado tudo ali em formato de carinha sorridente.

Ela se deu conta de que várias coisas no quarto a lembravam dos pais. De canto de olho, viu o certificado por quebrar o recorde da família de comer ursinho de goma, depois de comer 27 em 30 segundos (até os verdes). Ela se virou para não ver a parede, só que isso a deixou de cara com a estante de livros, cheia das histórias que a mãe lia com ela.

A mãe dela não estar em casa deixava tudo tão quieto. Um silêncio incomum. Tão quieto, para falar a verdade, que era quase ensurdecedor. Lucy tentou cantarolar uma música para si mesma, uma canção de ninar, mas não ajudou. Só a lembrou do pai.

Hora de ouvir música, Lulu.

Ela o imaginou dizendo enquanto tirava do bolso a gaita prateada de que ele tanto gostava. Quer escolher? — ele sempre perguntava, mas Lucy sabia que ele estava brincando já que sempre tocava a mesma coisa. Era uma que ele tinha composto e chamava Cantiga de ninar da Lucy. Tocou para ela todas as noites até ele sumir.

Lucy suspirou.

Ela saiu da cama e foi até o armário, só que quando estava prestes a abri-lo ouviu um barulhinho. Parecia um ranger das tábuas do piso.

Lucy de repente sentiu um arrepio, um calafrio que percorreu toda a espinha, a sensação de que alguém a estava observando (e você já sabe que era verdade, mas Lucy ainda não sabia).

— Tem alguém aí? — ela chamou.

Ela olhou para trás, mas não tinha ninguém ali.

— Para de ser uma banana boba, Lucy — ela sussurrou firme para si mesma. — Está tendo calafrios porque está sozinha. Fica calma.

E assim ela abriu a porta do armário e ergueu uma portinhola de madeira no chão onde ela tinha um esconderijo. Era lá onde guardava todas as coisas especiais que não queria que ninguém mais achasse.

Não tinha muita coisa lá. Uma concha bonita que ela encontrou na praia uma vez. Uma castanha que ela conseguiu despedaçar no campeonato, no parquinho, em que cada criança amarrava uma castanha num barbante, e quem despedaçasse a castanha do outro primeiro, ganhava. E uma foto em um porta-retrato.

Ela o pegou e ficou olhando. Três pessoas sorriam na foto: Lucy mais nova com os braços envolta do pescoço da mãe, que beijava a cabeça de Lucy e, atrás delas, segurando nos braços as duas, estava o pai.

O coração de Lucy se apertava toda vez que olhava para essa foto e para como os três estavam felizes. Ela sempre se esforçava para analisar o rosto do pai, como se tivesse medo de esquecê-lo. Lucy segurou a foto mais perto dos olhos para ver cada detalhe.

Ela viu os olhos dele, de um azul escuro e brilhante.

O nariz dele, um pouco grande, assim como o dela.

A boca dele, que sempre parecia prestes a sorrir, deixando as covinhas à mostra a qualquer momento.

Ela sorriu para si e abraçou o porta-retrato, segurando-o junto ao peito.

Tinha mais uma coisa oculta no esconderijo de Lucy, dobrada com cuidado embaixo dos outros tesouros. Era de um verde fluorescente e tinha um cheiro horrível de couve-de-bruxelas cozidas e espinha de peixe. Lucy puxou o casaco fedido de trabalho do pai, o que ele usava enquanto dirigia o caminhão grandão e fedorento de lixo. Ela escondeu ali para a mãe dela não achar e jogar fora, como fez com o resto das coisas do pai dela.

Lucy enfiou os braços nas mangas e colocou o casaco chamativo e catinguento. Era grande demais para ela e caiu sobre ela feito um cobertor malcheiroso e fluorescente. Ela se sentou, as costas encostadas no armário e respirou fundo. O cheiro horrível preencheu seu nariz e trouxe lembranças reconfortantes do pai e de repente ela se sentiu um pouquinho melhor.

Ela se aconchegou no casaco e se deitou no chão, mas, enquanto ela se acomodava, alguma coisa caiu do bolso com um baque seco e alto nas tábuas no piso. Uma coisa prateada e brilhante.

Era a gaita do pai dela.

Lucy pegou a gaita com um sorriso e tocou Cantiga de ninar da Lucy o melhor que pôde. Não foi a mesma coisa como quando o pai dela tocava, mas a fez esquecer um pouco os problemas, pelo menos por um tempo.

Quando terminou, ela a segurou firme nas mãos e ficou olhando para o reflexo na superfície polida. Viu o próprio rosto a encarando. Então a inclinou um pouco e viu a lua que irradiava pelas cortinas. Lucy inclinou mais ainda e viu a mesinha de cabeceira, então sua cama e então um par de olhinhos pretos da criatura escondida ali embaixo...

O QUÊ?!

Lucy ergueu o olhar da gaita e encarou a escuridão do vão sombrio embaixo da sua cama, mas os olhos que a observavam não estavam mais lá.

O coração dela acelerou – acelerou só não, pisou no acelerador com tudo. Será que foi coisa da cabeça dela? Ou tinha mesmo um par de olhos brilhantes a observando debaixo da cama?

Lucy queria levantar, mas não conseguia. Ela estava paralisada ali, petrificada de medo. Sozinha, sem mais ninguém ali no quarto, na casa quieta, no meio da noite, com uma criatura à espreita debaixo da cama dela.

E as coisas estavam prestes a ficar mais esquisitas ainda...

CAPÍTULO CINCO
O PRIMEIRO MONSTRO BARULHENTO

J á aconteceu de você ficar com tanto medo que nem conseguia se mexer? Tão apavorado que acabou ficando paralisado, esperando alguma coisa bizarra aparecer e te pegar à noite sem poder fazer nada? Rezando para o sol nascer logo para tudo voltar a ficar bem?

Era assim que Lucy se sentia.

Ela estava sentada no chão do quarto dela, tremendo de medo, enrolada no casaco catinguento do pai, o cabelo grudado na testa por causa do suor e o coração batendo feito uma metralhadora e ainda por cima sem conseguir se mexer. Petrificada de medo.

Lucy tentou dizer um *tem alguém aí?*, mas mal conseguiu falar a primeira palavra, quem dirá o resto! Então ela ficou ali, encarando as sombras embaixo da cama de onde aqueles dois olhos escuros há não muito tempo a observavam.

Não fazia ideia de quanto tempo ela ficou paralisada – minutos, horas? O tempo parece que não existe mais quando se fica com tanto medo. Seja lá quanto tempo for, depois do que para ela pareceu uma eternidade encarando a escuridão, de algum jeito, Lucy acabou dormindo.

Eu sei o que você está pensando: *Como é que alguém dorme se estava morrendo de medo?* Aí é que está... não tem como!

A não ser que um monstro barulhento esteja por perto.

Como assim? O que é um monstro barulhento? Vai me dizer que nunca ouviu falar dos monstros barulhentos?!

Bom, para começo de conversa está na capa do livro. Você não reparou, não?

Alguma vez já ouviu aqueles barulhos pela sua casa quando você está deitado na cama à noite? É um monstro barulhento.

Já teve a impressão de ter mais alguma coisa com você no seu quarto? É um monstro barulhento também.

Você já encontrou um monte de presentes embaixo da árvore no Natal? Ah, não, espera aí, nesse caso não é um monstro barulhento... é o Papai Noel.

Dá para imaginar dormir mesmo quando você está com tanto medo que parece impossível? Pois isso aí é coisa de monstros barulhentos! É uma das travessuras que eles fazem e foi bem isso que esse pequeno monstro barulhento horripilante fez com Lucy naquela noite.

Ela nem percebeu nada, mas um sopro de ar quente saiu de debaixo da cama. Era o bafo fedorento do monstro barulhento, que soprava uma fumaça de alguma coisa dourada e farelenta pelo quarto que flutuou devagar até seus olhos e ficou ali sem que ela nem suspeitasse.

Dez minutos depois, Lucy estava dormindo e o monstro barulhento podia sair do esconderijo e perambular por aí.

*

No quarto do outro lado da Rua da Tralha, Norman Espertalhone estava com o seu pijama dos Transformers favorito, ocupado passando roupa.

— Amassados, amassados, amassados! — ele falava enquanto passava o ferro quente pelo uniforme de escoteiro pela quinta vez naquela noite. As calças eram sempre a parte mais difícil, e sem o pai lá para ajudar ele não conseguia deixar tão bom quanto achava que deveria estar para um jovem escoteiro.

— Hum, acho que vou ter que usar assim mesmo. — Ele suspirou, balançando a cabeça enquanto analisava cada perna das calças com uma lupa. Ele as colocou no cabideiro, que pendurou no puxador prateado da porta do armário, pronto para o dia seguinte.

CRECK.

Norman congelou. O barulho vinha detrás dele. Então ele viu, pela superfície polida do puxador do armário, dois olhinhos pretos e redondinhos observando-o debaixo da cama.

— Tem alguém aí? — ele sussurrou, morrendo de medo do que poderia estar ali à espreita atrás dele.

Sem resposta. Ele engoliu o medo, pegou o ferro e jogou rápido em um movimento circular, mas não tinha nada ali. Os olhinhos escuros tinham sumido. Só suas estantes cheias das suas coleções de *Transformers*.

Ele soltou um suspiro aliviado, o coração batendo forte.

— Pelo menos tenho vocês para me fazer companhia! — ele disse enquanto jogava comida no aquário para as suas duas lesmas aquáticas (Norman tinha um peixinho dourado, mas ele fugiu... pelo menos foi isso que o pai disse). Ele ficou assistindo enquanto o que mais parecia duas melecas de nariz com uma concha em cima comiam ao lado do aquário, seus corpinhos oleosos deixando um rastro na parte de dentro do vidro.

Norman bocejou e colocou o braço dentro da água fria para fazer um carinho em cada uma das conchas duras e pegajosas das lesmas.

— Boa noite, Optimus. Boa noite, Megatron — ele disse, então pegou a lanterna da mesa, apagou a luz do quarto e foi para a cama.

Ele ficou acordado por um tempo lendo. Leu uma página da revista mensal Escoteiros, para aprender as últimas técnicas de amarração de nós. Era sua leitura favorita antes de dormir, só que, quando ele virou a página, sentiu como se uma nuvem de cansaço o envolvesse. Balançou a cabeça, esfregou os olhos e começou a ler a primeira linha quando...

CRECK.

— Tem alguém aí? — Norman resmungou, agora sentindo o corpo ficar mole. Ele tinha certeza de que tinha ouvido alguém no seu quarto, mas dormir parecia... tão... tentador.

Seus olhos se fecharam no automático e sua cabeça caiu para trás no travesseiro fofinho enquanto ele afundava em um sonho estranho sobre criaturas pegajosas com pele oleosa fazendo barulhos de ranger embaixo da cama.

✻

Lucy saltitava pela rua arrastando um saco de lixo preto atrás de si.

— Pai, esqueceu esse daqui! — ela gritou para ser ouvida apesar do barulho alto da partida do motor do caminhão de lixo.

— Ah, muito bem, Lulu! — senhor Fédor disse, desligando o motor e saindo do enorme caminhão. — Vai vir trabalhar comigo hoje?

Ele estendeu a mão enquanto Lucy se esforçava para levantar o saco de lixo pesado.

— O que você está trazendo aí? — ele disse enquanto a ajudava.

— Só lixo — Lucy disse.

— Só lixo? — senhor Fédor repetiu sem conseguir acreditar no que tinha ouvido. — SÓ lixo? Lulu, é muito mais do que só lixo! É lixo glorioso, maravilhoso, fedorento e podre! Ele ergueu Lucy com o saco e tudo e os rodopiou. — E é essa coisa fedida maravilhosa que coloca comida no nosso corpo e roupa na nossa mesa.

Lucy riu.

— Pai, você quer dizer, roupas no nosso corpo e comida na nossa mesa!

— Será? Ah, sim, acho que é isso mesmo — ele brincou. — Certo, jogue para dentro, então. — Ele ergueu Lucy alto para que ela conseguisse jogar o saco de lixo dentro da caçamba do caminhão.

— Boa jogada, Lulu. Agora volta lá para a sua mãe e vou ver se consigo transformar esse saco de lixo em uma linda torta para o jantar.

Ele colocou Lucy no chão, colocou a franja dela de lado, deu um beijo na sua testa e então Lucy se virou e correu para a mãe, que estava parada na porta.

— Tenha um bom dia, Lourenço! — senhora Fédor gritou.

— Cheio de coisas boas e fedorentas como sempre, querida — ele disse enquanto subia no caminhão e batia a porta com um:

BANG!

Lucy acordou do sonho assustada.

Como foi que peguei no sono?! Ela se perguntou e olhou rápido ao redor. Um brilho alaranjado vinha da janela enquanto os primeiros raios de sol se esgueiravam pelas cortinas e começavam a encher o quarto dela. A última coisa de que ela se lembrava era de olhar por entre as sombras embaixo da cama e de repente estava acordando!

Ela piscou e sentiu alguma coisa no canto dos seus olhos. Lucy os esfregou e pequenas partículas de sono caíram.

Lucy não sabia o porquê, mas agora, com o nascer do sol, ela não estava mais com medo. Estranho como a luz do sol faz isso, não é? Por mais que na noite passada estivesse morrendo de medo, bastava vir o raiar do dia para se sentir bem outra vez. É como se todos nós soubéssemos que coisas estranhas só acontecem à noite.

Logo ela se levantou, tirou o casaco catinguento do pai, colocou de volta no esconderijo e abriu as cortinas, deixando a luz do sol entrar por todo o quarto.

Depois ela se deitou na cama e abaixou a cabeça com cuidado até a ponta para conseguir dar uma olhada boa lá embaixo. Tinha um bom espaço ali embaixo da cama dela, o suficiente para a própria Lucy entrar se ela quisesse. Grande o bastante para ela conseguir ver até o outro lado. Para seu alívio, não tinha nada ali. Nada de olhinhos assustadores a observando, só as tábuas velhas e barulhentas acumulando poeira.

Ela soltou um baita de um suspiro.

Deve ter sido a minha imaginação, ela pensou.

Será que foi só coisa da minha cabeça?, ela se perguntou.

Deve ter sido um pesadelo, ela esperava. Um pesadelo bem realista!

Só que Lucy estava prestes a descobrir que não era coisa da cabeça dela. Logo voltaria a ver aqueles olhinhos escuros de novo... e da próxima vez o monstro barulhento não estaria sozinho.

Caraca! Tudo bem aí? Foi meio pesado, não é? Olhos embaixo da cama. Monstros barulhentos na escuridão. Bom, queria poder dizer que as coisas vão melhorar daqui para a frente, que o resto do livro é cheio de pôneis fofos com asas galopando por arco-íris, espalhando jujubas dos cascos enquanto voam, mas sinto informar, não vai ser assim. Daqui para a frente é só ladeira abaixo. Só piora. O que é pior que um monstro barulhento…?

Você vai ver…

CAPÍTULO SEIS
O DIA SEGUINTE

Lucy pisou no jardim iluminado pelo sol com uma determinação renovada. Ela não queria ver os pais só nos sonhos pelo resto da sua vida. Queria os pais de volta.

Agora.

— É isso — ela disse para si mesma. — Vou encontrar os adultos.

E então ela apertou a alça do macacão e saiu rumo à Rua da Tralha.

Mas alguma coisa muito estranha fez Lucy parar de repente. Ontem à noite, Baforadina parecia o cenário de um filme apocalíptico, só que hoje de manhã não parecia mais tão ruim. Na verdade, a cidade parecia até bem limpinha!

— Que estranho — Lucy resmungou, reparando que o papel higiênico tinha sido tirado das árvores, as lixeiras transbordando nas ruas estavam vazias e as calçadas pareciam ter sido varridas.

— Para onde é que foi todo o lixo? — Lucy sussurrou para si mesma, tentando pensar em uma resposta.

Estava tão absorta em pensamentos que não viu...

Lucy arfou quando de repente alguma coisa apertou seu tornozelo, feito uma cobra se enrolando em sua perna. Então, antes de conseguir reagir, ficou de cabeça para baixo, tirada de repente do chão, e ficou balançando pelo ar. Ela estava pendurada por uma corda no seu pé amarrada em uma árvore grande do jardim de alguém.

— **TE PEGUEI!** — Norman gritou ao sair detrás da cerca-viva, o uniforme de escoteiro coberto por folhas e galhos (ele também tinha um broche em camuflagem que era tão difícil de ser visto em seu uniforme que até ele mesmo esqueceu que tinha costurado ali). Quando viu Lucy, sua expressão murchou.

— Ah, é você!

— Sim, sou eu! Agora me tira daqui! — Lucy ordenou.

— Desculpa, achei que você fosse um daqueles garotos… sabe, aqueles da escola — Norman disse enquanto cortava a corda fazendo Lucy cair de cabeça no chão.

— Ai! — Lucy disse. — Garotos? Que garotos?

— Você sabe, aqueles que…

— Que o quê?

— ... que ficam rindo de mim — Norman resmungou.

— Ah — Lucy disse e se sentiu mal por ter gritado com ele.

— Eles ficam tacando ovos na minha casa desde que os adultos sumiram, então preparei uma armadilha para eles — Norman disse, todo orgulhoso.

Lucy se levantou e se limpou com as mãos.

— Uau! — ela disse quando olhou ao redor do jardim da frente de Norman e viu que ele tinha transformado em um acampamento em que tudo funcionava. Uma rede estava amarrada entre uma árvore e uma calha na casa de Norman, tinha um relógio de sol feito de pedras e galhos, armadilhas estavam espalhadas por todo lado, como aquela em que Lucy caiu. Tinha uma fogueira com uma panela com feijão fervendo em cima e algumas cadeiras de madeira feitas de tronco de árvore.

— Você fez tudo isso? — Lucy perguntou.

Norman acenou com a cabeça, apontando para um broche de marcenaria no uniforme.

— E aquilo ali eu instalei sozinho! — ele acrescentou apontando para uma barraca verde e enorme, armada na grama. Cabiam pelo menos umas dez pessoas ali dentro, Lucy pensou, mas ela conseguia ver pela abertura que só tinha um saco de dormir do Transformers dentro.

— Por que você está dormindo aqui fora em vez de dormir no seu quarto? — Lucy perguntou.

A expressão de Norman denunciou que ele estava um pouco envergonhado.

— Eu... é... é bobeira, na verdade — ele disse, olhando para os pés.

— O quê?

— Ah, não é nada... eu só tive um sonho estranho e fiquei um pouco...

— Assustado? — Lucy perguntou, mas Norman foi salvo de ter que responder por uma voz que chegou até eles de supetão da rua.

— Olha ali, é Norman Anormal — gritou um garoto enquanto ele e outros dois passavam de bicicleta.

— O Anorman arrumou uma namorada. Ei, pombinhos nerds, tomem isso! — um deles gritou enquanto os três garotos jogaram ovos em Norman e Lucy.

— Rápido, segura isso! — Norman mandou, colocando um escudo de metal na mão de Lucy. Ela pegou e segurou em frente à cabeça, sentindo o **toc, toc, splat** dos ovos quebrando com o impacto.

— A gente vê vocês, perdedores, por aí mais tarde. — Os garotos de bicicleta soltaram enquanto saíam pedalando e sumiam de vista.

— Você tá bem? — Lucy disse, abaixando o escudo cheio de ovos.

— Eu? Sim, já estou acostumado — Norman disse, encolhendo os ombros por um instante. Mas Lucy entendeu pelo leve repuxar de boca que na verdade ele estava triste.

Lucy nunca se preocupou em se aproximar de Norman na escola. Claro que ela sabia quem ele era. Todo mundo sabia. Ele era o garoto nerd, de quem ninguém queria sentar perto na hora do lanche ou fazer dupla na aula de Educação Física. O que sempre trazia comida de casa em vez de comer na cantina ou nos eventos da escola e o que subia na árvore mais alta até lá em cima e ficava lá o recreio todo, observando pássaros com um binóculo. Ele era... diferente.

De repente Lucy se lembrou do que o pai costumava dizer:

— Sabe, são as pessoas diferentes que fazem a diferença — ela falou para ele.

Norman ficou vermelho.

— Pois é, elas ganham café da manhã grátis! — ele respondeu.

— Hein?

— Os ovos! — Norman sorriu, pegando o escudo de Lucy e mostrando que na verdade era uma frigideira enorme. Ela riu enquanto Norman colocou em cima da fogueira e começou a fritar os ovos.

— Pode tomar suco de laranja ou comer biscoito enquanto espera... se você se inscrever — Norman disse e apontou para uma prancheta na frente do portão.

— Me inscrever? — Lucy perguntou.

— Sim. Uma crise é a oportunidade perfeita para recrutar novos membros para a Tropa de Escoteiros de Baforadina. Meninas podem entrar também, sabe — Norman disse, virando os ovos.

— Ah, entendi. Acho que hoje não... — Lucy disse, educada. Não queria ofender ele, mas entrar para os Escoteiros era a última coisa que ela queria agora.

— Bem, não posso garantir que vai ter vaga se não colocar seu nome hoje — Norman avisou.

— Ah, é? Quantos membros novos já conseguiu? — Lucy perguntou.

— Bom, por enquanto... por enquanto sou só eu. Mas se minha intuição estiver certa, acho que o interesse em ser escoteiro vai aumentar bastante. Eu imprimi folhetos e tudo. Tenho um broche de intuição, sabe — Norman disse, mostrando o broche amarelo com um olho estranho nele, todo orgulhoso.

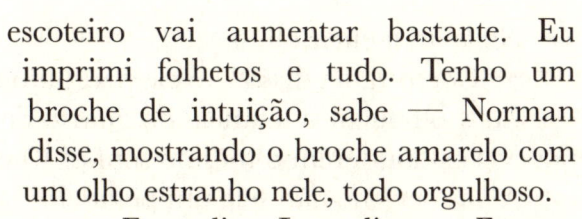

— Entendi — Lucy disse. — E o que sua intuição diz sobre encontrarmos nossos pais?

Norman parou e fez uma cara triste.

— Não sei, quer dizer, aquela carta não deu muita esperança de que eles vão voltar.

— Pois eu não acredito nem um pouco nisso — disse Lucy. — Minha mãe não iria embora assim; alguma coisa não me cheira bem e vou descobrir o que é.

— A única coisa que não cheira bem é o caminhão de lixo do seu pai. Não acho que eles vão voltar, Lucy. Agora a cidade de Baforadina é nossa — Norman disse, triste.

— Parece um pesadelo! — Lucy suspirou.

O rosto de Norman se contraiu como se tivesse sentido um cheiro ruim (e não foi o cheiro do caminhão de lixo do pai da Lucy).

— O que foi? — Lucy perguntou.

— É que você me lembrou que tive um pesadelo ontem à noite — disse Norman.

O coração de Lucy deu um pulo.

— Eu também — ela disse.

— O meu foi bem estranho.

— O meu também!

— Sonhei que vi essa coisa...

— E? — Lucy disse.

— Os olhinhos brilhantes e reluzentes... E tudo estava escuro e sombrio. E estavam escondidos...

— **EMBAIXO DA CAMA!** — Lucy interrompeu.

— Foi por isso que você armou essa barraca aqui, não é?

Norman a encarou.

— Como sabia disso? — ele perguntou.

Lucy olhou para a janela do quarto de Norman. Como era possível os dois terem o mesmo sonho? O mesmo pesadelo?

A não ser que não seja um pesadelo.

A não ser que o que eles viram naquela noite, aqueles olhinhos escuros, fossem reais.

Lucy e Norman se encararam em silêncio.

— **BOO!** — uma voz aguda e estridente ressoou detrás da cerca de Norman.

— Ella! — Lucy gritou, o coração batendo forte enquanto Ella Échata saltitava pela rua usando um vestido de noiva velho que se arrastava atrás dela.

— Não resisti! — Ella riu. — Tinham que ver suas caras!

— Ella, o que você está vestindo? — Lucy disse, sem acreditar.

— O quê, essa coisa velha? Ah, era da mamãe. Tenho ele faz anos, querida. — Ella sorriu radiante, arrastando o vestido enquanto o balançava.

— E o que é que está no seu pescoço? — Norman perguntou.

— Minhas joias? Eram do meu pai, mas ficam muito melhor em mim, não acha? — Ella disse, tentando balançar a corrente de ouro, mas ficou claro que era pesada demais para ela.

— Isso era do seu pai? — Norman perguntou.

— O pai dela é prefeito de Baforadina. Faz parte do uniforme dele — Lucy explicou.

— O que significa que, agora que ele se foi, eu sou a nova prefeita de Baforadina! — Ella anunciou, complementando o visual ao colocar um chapéu triangular de papel dobrado no cabelo cacheado. A palavra **PREFEITA** estava escrita com canetinha na parte da frente.

— Não sei se é bem assim que funciona — Norman falou.

— Não importa já que seus pais com certeza vão voltar. A minha mãe também com certeza vai voltar… e o pai do Norman também — Lucy disse, firme. — Então se eu fosse você, tiraria essas coisas agora mesmo.

Ella ignorou o que Lucy disse:

— Minha mãe não está aqui! Minha mãe não está aqui! Ninguém pode me impedir! Minha mãe não está aqui! — ela cantarolou alegre enquanto rodava feito uma princesa.

Lucy de repente foi tomada por um pensamento.

— Ei, Ella — ela disse. — Com o que você sonhou ontem à noite?

Ella fingiu pensar:

— É… não lembro! — ela disse enquanto saltitava pela rua na direção deles.

— Tenta lembrar, vai! Quando acordou esta manhã, lembra com o que você sonhou?

Ella olhou para Lucy e fez um gesto como passando um zíper na sua boca.

— Se contar, deixo você comer alguns ovos! — Norman disse, balançando a frigideira de um jeito tentador.

Ella apertou os olhos.

— Ovo molinho? — ela perguntou.

Norman acenou com a cabeça, e ela abriu o zíper da boca logo em seguida.

— Bom, é o mesmo sonho que tenho todas as noites — ela disse.

— Sobre o quê? — disse Lucy.

— É um sonho estranho para falar a verdade — Ella disse. — Você sabe, aquele sobre uma criatura que mora embaixo da cama.

Lucy e Norman se entreolharam.

— Que doideira tá acontecendo? — Lucy perguntou baixinho.

Foi nesse instante que Lucy e Norman se deram conta de que o pesadelo que os dois tiveram na verdade não era um pesadelo. Tinha mesmo alguma coisa embaixo da cama deles ontem à noite… e Lucy ainda tinha uma sensação estranha de que de alguma maneira tudo estava interligado.

O desaparecimento dos adultos.

As criaturas embaixo da cama.

O que será que vai acontecer agora?

Lembram quando eu disse:
— O que é pior que um monstro barulhento?

CAPÍTULO SETE
OS QUATRO MONSTROS BARULHENTOS

Naquela noite, Lucy pulou na cama mais rápido do que nunca. Estava com tanto medo de que alguma coisa fosse agarrá-la pelos calcanhares por debaixo da cama enquanto ela subia que pulou do chão para o colchão e se cobriu até a cabeça com as cobertas. Ela nem sequer tirou o macacão, escovou os dentes ou arrumou a casa! Deixou tudo desarrumado e sujo.

E olha que a casa estava bem encardida e virada de pernas para o ar!

Tinha todo tipo de lixo e restos espalhados por todo canto deixados pela multidão de crianças que entravam e saíam da casa de Lucy.

Para falar a verdade, a casa estava um NO-JO.

Só que Lucy não se importava com isso agora. Sua respiração estava pesada, e o ar quente que saía da sua boca logo preencheu o espaço embaixo do edredom que ficou quente e grudento. Ela tentou ficar o mais quieta e parada que conseguia, atenta para qualquer som estranho, qualquer sinal da criatura de olhinhos escuros. Só que ela estava tão nervosa e com tanto medo que só conseguia ouvir o som do próprio coração batendo, ressoando nos ouvidos feito um baterista insistente que não parava de tocar nem mesmo quando você está tentando pensar.

Conforme a noite passou e as crianças de Baforadina ficaram sonolentas, cansadas depois de mais um dia caótico sem adultos por perto, o barulho da rua começou a sumir. Logo tudo estava em silêncio. Tudo ficou calmo.

São nessas horas que as coisas mais estranhas acontecem.

Lucy ouviu.

Seu coração parou de bater.

Ela reconheceu na hora.

Já tinha andado milhões de vezes pelo seu quarto e conhecia aquele som mais do que ninguém: o ranger inconfundível das tábuas velhas bem ao lado da cama. As tábuas que só rangiam se alguém... ou *alguma coisa*... pisasse nelas.

Então ela ouviu mais uma vez.

E de novo

... e outra vez.

Quatro vezes ao todo.

Então veio

o cheiro.

Era um cheiro horrível e podre, como de uma fralda com cocô fresco ou de leite estragado. Tão forte que Lucy mal conseguia respirar. O edredom pareceu pesado enquanto ela se escondia embaixo dele, parte de Lucy queria continuar coberta, por outro lado, ela queria muito dar uma espiadinha e ver o que estava se arrastando pelo seu quarto.

Então ela ouviu uma coisa ainda mais assustadora que um ranger. Ela ouviu um fungar seguido por um satisfeito:

— Ahhhhhh...

A criatura falava!

Ou pelo menos emitia sons.

— Esse ser o lugar!

Sim, com toda a certeza a criatura falava. Ainda que não fosse do mesmo jeito que eu ou você falamos. Era uma voz rouca, horrível e que chiava.

— Aqui ser onde mora... — soltou a criatura.

— Xiu, a criança estar ouvindo você. Ela estar escondida embaixo da coberta — guinchou a outra.

— Vamos pegar ela? — ressoou a outra, a voz parecia alguém passando a unha pela lousa. Eram três criaturas.

TRÊS!

Um silêncio se seguiu.

Me pegar?, Lucy pensou. *Por favor não me peguem. Não me peguem. Não me peguem...*

— Não... aí já é demais — repreendeu uma quarta voz. — Vamos só pegar aquilo que *querulhamos* e voltar para o Xobaime.

Xobaime?, pensou Lucy. *Onde raios é esse tal de Xobaime?* Com certeza ela nunca tinha ouvido falar de um lugar com esse nome na vida.

De repente Lucy ouviu mais um barulho – e então outro, e outro. Esses barulhos eram o som de alguém – ou alguma *coisa* – se esgueirando pelo quarto, pelas tábuas perto do guarda-roupa.

E então ela ouviu o som da porta do guarda-roupa sendo aberta.

— Ué, onde estar? — resmungou o resmungão.

— Estar em algum lugar ali! Eu ver a pequenina tirar de lá ontem à noite! — murmurou a voz rouca.

Eles começaram a procurar. Lucy ouviu os cabides batendo e as gavetas sendo abertas e fechadas. As criaturas não estavam nem se dando ao trabalho de serem sorrateiras, não essa noite.

— Até que é divertido, não é? Não precisar se esgueirar e se preocupar em fazer muito barulho já que *nós pegar* todos os adultos — soltou o da voz mais grave.

— Fica quieto, seu lambedor de lixo! Monstros barulhentos não são descuidados! — bufou o resmungão.

Monstros barulhentos, Lucy pensou. *Então é assim que eles se chamam.*

— Ela deve estar orelhando! — acrescentou o resmungão, e de alguma forma Lucy sentiu que esses *monstros barulhentos* estavam olhando para ela do outro lado do edredom.

— E daí? Nem ligo — soltou o da voz aguda.

— Vamos pegar aquele casaco verde fedorento e ir embora logo — sussurrou o da voz mais fina de todas.

Foi então que Lucy se deu conta do que os monstros barulhentos procuravam.

O casaco do meu pai, ela pensou.

Ela congelou quando se lembrou do que estava dentro do bolso do casaco: a gaita prateada do pai. Seu coração começou a bater cada vez mais forte. *Não podem levar as coisas do meu pai. São as únicas coisas que tenho para me lembrar dele!*

Um bater de cabides frustrado ressoou do armário.

— Não estar aqui! — reclamou o da voz estridente.

— A pequenina espertinha deve ter escondido em algum outro lugar — disse o da voz grossa.

— Procurem no resto da casa! — mandou o resmungão, e Lucy ouviu as quatro criaturas se mexerem todas ao mesmo tempo, fazendo um barulhão enquanto as tábuas rangiam ao saírem do quarto dela e seguirem pelo corredor da frente que dava no quarto da mãe dela.

Não posso deixar pegarem o casaco do papai!, pensou Lucy.

Tem quatro monstros barulhentos fazendo barulho por aí no outro quarto. Você está sozinha, escondida embaixo das cobertas. Tem certeza de que vai mesmo tentar impedi-los?

Sim!, Lucy pensou.

Nossa, você é bem mais corajosa que eu, então, Lucy! Então, tá, boa sorte!

Lucy engoliu em seco enquanto tirava o cobertor do rosto com as mãos trêmulas. Ela deu uma espiadinha e viu que o quarto estava vazio, mas ainda ouvia o barulho e a voz estranha das criaturas que procuravam pelo quarto da sua mãe.

— Olhar nas gavetas! Nós querer o casaco! — uma das criaturas rosnou.

Lucy olhou para o armário aberto e para a portinhola de madeira que ainda estava no lugar onde ela tinha escondido o casaco fedorento de trabalho do pai. Se ela foi corajosa ou doida não sei, mas Lucy pulou da cama e correu direto para o guarda-roupa. Empilhou todas as roupas em cima da portinhola para ter certeza de que ficaria escondida.

— Esperar! — rosnou uma voz e tudo ficou quieto.

— Sinto cheiro de fedor.

— Sinto cheiro de medo!

— Sinto cheiro de uma pequenina fora da cama... — soltou a quarta criatura de voz grossa, e então Lucy ouviu o som mais assustador de toda a noite.

As criaturas estavam começando a se arrastar para o quarto dela.

Lucy olhou ao redor do quarto. Sabia que não ia adiantar se esconder embaixo do edredom. Não podia sair correndo pela porta ou seria pega pelos monstros barulhentos. Ela olhou para a janela, mas era muito alta para pular dela.

Dá para ficar quieto enquanto estou pensando?, Lucy pensou.

Quem, eu? Ah, desculpa!

Para onde posso ir?, ela pensou. *Nem pela porta, nem pela janela. Vão me achar se eu entrar no armário... tem que ter outra saída.*

Foi então que ela viu: o vão escuro embaixo da sua cama.

Se esses monstros barulhentos entraram no meu quarto por ali, então talvez eu consiga sair por lá!

Os monstros barulhentos ficavam cada vez mais barulhentos enquanto se empurravam para sair do quarto da mãe da Lucy e irem para o corredor da frente.

— Vamos pegar essa pequenina! — eles rosnavam.

— Nós encontrar aquele casaco catinguento! — eles gritavam.

Lucy nem teve tempo para pensar. Era entrar embaixo da cama ou ser pega por essas quatro criaturas que estavam prestes a vir se arrastando pela porta do quarto a qualquer instante!

Ela correu para a cama o mais rápido que conseguiu e então se abaixou para entrar embaixo dela.

Lucy ficou ali, tremendo na escuridão debaixo da cama. De repente ela começou a sentir algo muito estranho. As tábuas duras de madeira embaixo dela não pareciam tão duras quanto deveriam.

Não só isso, todo o piso embaixo da cama de Lucy não parecia nada normal.

Lucy apertou as tábuas com as mãos. Era mole e fofo, como chiclete ou massa quente de biscoito – e Lucy nem viu quando de repente afundou no chão como se fosse areia movediça.

Ela estava sendo puxada para baixo.

Por mais que tentasse se agarrar, o chão a engoliu, gostasse ela ou não. O piso fofo a apertou quando ela estava dentro dele até o peito e depois até o pescoço, boca, nariz e assim que o quarto acima dela desapareceu por completo, Lucy teve um vislumbre dos quatro pares de olhinhos pretos olhando para ela da porta.

— A pequenina está indo abaixo pelo Xobaime! — eles grasnaram.

E então...

Lucy se foi.

CAPÍTULO OITO
O XOBAIME

Lucy afundava cada vez mais. De vez em quando, o chão embaixo da cama parava de engoli-la, e as paredes escuras e esponjosas ao redor dela se expandiam e contraíam para só então continuar a empurrá-la para baixo de novo. Ela pensou que devia ser a mesma coisa que ser engolida por uma cobra gigante.

Seja lá para onde Lucy estava indo, seja lá que lugar esse tal de Xobaime fosse, parecia que ela estava sendo puxada por algum tipo de buraco de minhoca, indo não só para algum lugar embaixo da cama, mas também viajando pelo próprio tempo e espaço. Ela começou a ficar um pouco enjoada, como na vez em que estava treinando para o campeonato de família de comer ursinhos de goma e acabou vomitando nos sapatos.

Ela não conseguia entender como ou por quê, mas de repente tudo o que ela sabia ser real ou seguro na vida se tornou incerto. Para cima era para baixo, esquerda era direita, este lado era aquele lado. A cabeça começou a girar e não de um jeito divertido, como quando ficava rodando no parquinho até cair no chão rindo. Era mais de um jeito que a deixava tonta como depois de andar de montanha-russa vezes demais e ficar com a sensação de que a cabeça está pesada e você não consegue se levantar.

Os braços de Lucy começaram a ficar moles e cansados. As pernas pareciam ser feitas de purê de batata, e ela se deu conta de que estava perdendo a luta contra o chão. Só que, para a sua surpresa, assim que parou de resistir e se remexer, as paredes a soltaram.

As pernas chegaram primeiro quando ela foi jogada do buraco e caiu alguns metros adiante, mas antes de chegar ao chão ela pairou no ar, ficou parada ali, como os astronautas na Estação Espacial Internacional.

Sim, Lucy estava flutuando um pouquinho acima do chão. Só que o chão não estava mais abaixo dos pés dela, mas em cima da cabeça e tudo estava de ponta-cabeça! Quando ela se deu conta disso, saiu cambaleando com os pés arrastando e caiu bem ao lado do buraco por onde tinha caído.

Lucy estava no Xobaime.

— Seja lá o que esse tal de Xobaime for — ela resmungou.

Ela se levantou (ou não, já que para cima era para baixo?), tirou a poeira do corpo (ou colocou de volta já que tudo estava ao contrário?) e sentiu toda essa confusão dar um nó na cabeça. Deu um passo à frente (que agora era para trás) e cambaleou um pouco já que o chão balançava embaixo dos pés descalços. Era a coisa mais estranha em que ela já tinha pisado na vida. Não só era quente, mas também era úmido e fazia barulho enquanto ela pisava, era como se ela estivesse caminhando por uma língua gigante.

Eca!, pensou Lucy. *Queria ter vindo de chinelo.*

Esse é o lado ruim de aventuras no meio da noite: nunca tem como estar bem preparado para elas.

O ar estava quente e abafado lá embaixo, nessa passagem úmida, e Lucy começou a sentir a camiseta grudar nos braços e costas. Ela puxou a franja para o lado e lá a franja ficou grudada com as gotículas de suor.

As paredes eram um pouco arredondadas. Também era fedorento – um cheiro tão podre e nojento que Lucy sentia seus olhos lacrimejarem enquanto apertava o nariz.

De repente o buraco perto dos pés começou a se remexer feito uma geleia sabor lama, e Lucy reparou em uma pequena placa de madeira ao lado com uma única palavra: FÉDOR. O sobrenome dela – e Lucy reconheceu a letra de cara. Era a mesma caligrafia marrom borrada da carta que ela encontrou pregada na porta da escola.

— Então foram os monstros barulhentos que escreveram a carta! — ela resmungou para si mesma enquanto analisava a letra feia.

O buraco mexeu de novo e logo em seguida ela ouviu vozes ecoando de lá. Vozes, risadas e gargalhadas.

OS MONSTROS BARULHENTOS.

— Devem ter me seguido até aqui! — ela arfou.

Lucy não teve escolha a não ser continuar a adentrar o Xobaime, do contrário eles a encontrariam e a pegariam. Ela começou a correr o mais rápido que pôde, mas era como tentar andar em um castelo pula-pula ou naqueles sonhos em que você corre, mas não sai do lugar. Lucy bufou e arfou, o peito ficando apertado enquanto tentava respirar. *Preciso ir mais devagar,* ela se deu conta.

Foi então que de repente tudo ficou mais fácil: já que tudo estava de cabeça para baixo e ao contrário, quando Lucy começou a andar mais devagar percebeu que assim conseguia se mover mais rápido.

Ela tinha acabado de passar rápido andando devagar por alguns degraus quando alguma coisa bateu no seu pé e a fez cair. Lucy quicou no chão mole e úmido com um fedor nojento e, quando parou, viu de canto de olho o que a fez cair.

Era outra placa de madeira no chão macio igual aquele em que o sobrenome dela estava escrito.

Quando Lucy leu aquela placa, seu coração se encheu de esperança.

Dizia ESPERTALHONE com aquela mesma letra feia e marrom. Ao lado ela viu outro pequeno buraco, igualzinho ao que a trouxe ali.

Norman Espertalhone! Se eu entrar ali devo sair na casa do Norman!, Lucy pensou enquanto espiava pela pequena abertura. Ela quase conseguia ver um quarto escuro do outro lado.

Lucy olhou em volta e viu outra placa igualzinha a que tinha visto a alguns metros. Então outra e mais outra: centenas, talvez milhares dessas plaquinhas de madeira por todos os lados e por toda a extensão do Xobaime, se esgueirando pela neblina úmida como lápides em um cemitério.

Ela começou a ler todos os nomes rabiscados nelas. *Échata, Malev, Aiquedor, Grandalhoso, Pedregulho...*
É a Rua da Tralha!, Lucy se deu conta.

Enquanto olhava as posições das placas, Lucy percebeu que davam direitinho nas casas, ruas e prédios da cidade de Baforadina. Ao lado de cada placa tinha uma pequena abertura, como um portal, que levava desse lugar ao contrário para o mundo lá em cima.

— Ah, pequenina! — Um resmungo ameaçador ecoou pelas paredes molhadas. — Não ser para você estar aqui embaixo no Xobaime.

Lucy se virou. Ela viu quatro pequenos olhinhos pretos pela neblina a encarando.

Seu coração parou de bater. Ela não conseguia enxergar essas quatro criaturas por causa da neblina, mas os olhos penetrantes eram o suficiente para que ela quisesse ficar o mais longe possível delas. Lucy olhou rápido ao redor do caminho comprido, molhado e retorcido do Xobaime, que parecia não ter fim, e ir cada vez mais fundo.

De jeito nenhum que eu vou para lá!, ela pensou.

Bem pensado, Lucy! (Mal sabia Lucy que daqui a alguns capítulos ela iria explorar o Xobaime bem mais a fundo.)

O quê?, pensou Lucy.

AH, NADA NÃO! Pode continuar o que estava fazendo, você estava prestes a fugir!

Ah, verdade!, pensou Lucy.

Ela respirou fundo, lambeu a franja para ficar de lado e pulou de cabeça no buraco que parecia geleia ao lado da placa que levava para o quarto de Norman Espertalhone, na esperança, querendo muito, rezando para que assim ela conseguisse voltar para o seu mundo!

— Ela está voltando para cima! — um dos monstros barulhentos rosnou de algum lugar atrás dela.

— Não vai dar para pegar ela agora — resmungou outro.

— Amanhã a gente pegar ela... — outro chiou, e então as paredes molengas a pegaram, a sugaram para dentro, e Lucy não conseguia mais escutá-los.

A sensação de voltar para baixo (ou seria para cima?) pelo apertado e molenga buraco de minhoca foi tão estranha quanto na primeira vez em que ela foi engolida. Lucy fechou bem os olhos e prendeu a respiração enquanto as paredes se contorciam e se remexiam como se tivessem vida própria a empurrando pelo percurso até a cuspirem na escuridão embaixo de outra cama.

Ela abriu as portas. Seu coração batia forte e sua respiração saía entrecortada. Lucy voltou para Baforadina e estava no quarto de outra pessoa.

— Tem alguém aí? — ela sussurrou, mas ninguém respondeu.

Lucy rastejou embaixo da cama para sair dali e as pernas ficaram moles quando ela se levantou no pequeno quarto, ainda sob o efeito do Xobaime ao contrário. O quarto estava cheio de coisas, desde mapas e panelas de acampar até varas de pescar e escadas de corda, além da maior coleção de *Transformers* que ela já tinha visto. Também tinha um ferro e uma tábua de passar com um uniforme bem-passado cheio de broches, pronto para a manhã seguinte, e, pendurada na parede, estava a foto de um garoto com o pai, os dois com uniformes de escoteiro, segurando um peixe enorme entre eles com sorrisos ainda maiores em seus rostos orgulhosos.

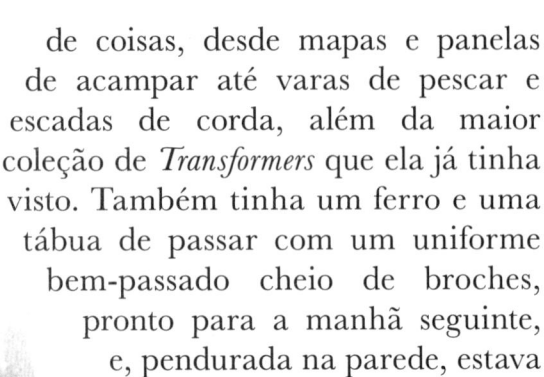

Com certeza é a casa de Norman!, pensou Lucy e correu até a porta.

— Norman?! — ela chamou, correndo para o andar de baixo o mais rápido que conseguia. Ela abriu a porta com tudo e para a sua surpresa foi cegada pela luz do sol que circundava seu rosto com um calor gentil.

Era de manhã!

— Lucy? — Norman disse quando acordou na rede protegendo os olhos do sol.

— Monstros embaixo da cama de novo? — ele perguntou.

— Não... *monstros barulhentos*! — Lucy respondeu.

A rede balançou quando Lucy se sentou ao lado de Norman e contou tudo que aconteceu.

CAPÍTULO NOVE
O PLANO

— Caraca! — Norman disse boquiaberto enquanto Lucy tentava explicar o mundo ao contrário embaixo das suas camas. — Acha que é lá onde nossos pais estão, nesse tal de Xobaime?

— Acho! — Lucy disse. — Foi isso que os monstros barulhentos disseram! Eles pegaram nossos pais!

— E querem o casaco do seu pai?

— Aham. Não faço ideia do motivo.

— E eles vão voltar para te pegar hoje à noite?

Lucy olhou para ele e confirmou com a cabeça.

— Caraca! — Norman disse outra vez.

— Caraca ao cubo! — Lucy acrescentou com o rosto franzido de preocupação.

Norman fez ovos mexidos com torradas na frigideira de acampar, mas quando enfim se sentaram para comer, ambos estavam tão preocupados que nenhum dos dois comeu.

93

— Vamos dar uma volta para esfriar a cabeça? — Norman sugeriu quando reparou que Lucy não tinha dado nem uma mordida na torrada.

Lucy sorriu e confirmou com a cabeça outra vez. Só que enquanto caminhavam pelas ruas, ficou claro que Baforadina não parecia mais a mesma Baforadina de antes. As crianças estavam sozinhas há umas quarenta e nove horas e as coisas começaram a ficar um pouco…

Bom, vamos dar uma olhadinha no caos que Lucy e Norman viram.

Billy Rango tinha enfiado a cabeça dentro da máquina de salgadinhos e comido todas as duzentas embalagens (até aquelas com sabor que ninguém gosta). Só que agora ele não conseguia tirar a cabeça de lá. O único jeito de ele sair dali era colocar dinheiro na máquina para comprar o Billy, mas sem nenhum adulto por perto para dar mesada para as crianças, não tinha outro jeito, ele ia ter que ficar ali.

Joaquim Pescador tinha soltado três tubarões na piscina do clube e tentou criar um pequeno aquário particular. Ele só esqueceu de avisar dos tubarões para as crianças que já estavam na piscina naquela hora...

Em uma rua, a pista foi substituída por pula-pulas e, no centro de recreação, os pula-pulas foram trocados por asfalto. Diga-se de passagem, essa troca não deu lá muito certo.

Quatro crianças tinham se dado descarga privada abaixo sem querer, entupindo os canos da cidade.

E o pior de tudo: a *Doces, Delícias e outras coisas da senhora Rabiscadelli* estava vazia, não tinha sobrado nem doce nem delícias, só as outras coisas.

—Precisamos fazer alguma coisa! — Lucy disse enquanto olhava para o caos ao redor deles, quando de repente ouviu um sussurro.

— É ela! — soltou uma voz animada. — É a garota que sabe o que fazer!

Ouviram um farfalhar, então as folhas da árvore acima deles se abriram. Um grupo de crianças apareceu, se agarrando aos galhos como se fossem macaquinhos selvagens. Lucy contou seis, todas sujas e as roupas tão rasgadas que era difícil de imaginar como eram antes.

Enquanto se balançavam dos troncos para descer, uma das crianças selvagens cutucou a outra e disse:

— Pergunta para ela! Vai!

O menino foi empurrado para mais perto de Lucy e Norman.

— Queremos nossas mamães e papais de volta. Por favor, ajude a gente — a criança toda suja disse, os olhinhos selvagens grandes e cheios de preocupação o faziam parecer um gatinho triste.

— Comida… — outro sussurrou enquanto se agachava ao lado da árvore.

— E comida — acrescentou a primeira criança. — Vocês têm alguma comida?

Lucy olhou para Norman. As coisas estavam indo de mal a pior. Não era mais divertido. A novidade de não ter mais adultos por perto já tinha passado. Essas crianças estavam cansadas e famintas.

— Tenho ovos e torradas que podem comer — ofereceu Norman. — Ainda estão na frigideira da minha...

As crianças nem deixaram Norman terminar de falar e saíram correndo pela rua na direção da qual Norman e Lucy tinham vindo, atrás de comida.

— É, você tem razão. Precisamos fazer alguma coisa! — Norman admitiu. — Mas o quê?

— Precisamos ir para o Xobaime e trazer os adultos de volta — Lucy disse enquanto olhava assustada para as crianças selvagens.

— Estava com medo de que você dissesse isso — disse Norman, limpando o suor da testa com um lenço amarelo de escoteiro. — Mas como vamos fazer isso? Você não sabe onde ficam as coisas no Xobaime. Não sabe qual o tamanho ou onde leva ou em que lugar colocaram nossos pais. É impossível. — Ele suspirou. — A não ser que...

— A não ser que o quê? — Lucy perguntou esperançosa.

— A não ser que a gente consiga fazer um daqueles monstros barulhentos nos levar até os adultos. — Norman ergueu os olhos a distância, imerso em pensamentos.

Lucy agarrou o braço dele:

— Norman. Isso é genial! Mas... como vamos fazer isso?

— O que vocês estão fazendo? — ressoou a vozinha estridente de Ella Échata, aparecendo atrás deles de repente e fazendo os dois pularem de susto.

— ELLA! — Norman arfou.

Lucy exclamou:

— Estava seguindo a gente?

— Talvez — disse Ella.

Norman e Lucy se entreolharam.

— Até onde você ouviu? — Lucy perguntou.

— Eu só ouvi TUDINHO! — cantarolou Ella com uma voz horrível, exagerada e performática, jogando os braços ao seu redor feito uma diva. — **OUVI TUDINHO! OUVI TUUDOOO! TUUUDOO!** — ela guinchou em uma voz fininha que chegava a doer os ouvidos.

— Ella, não pode contar para ninguém o que ouviu! — Lucy gritou, colocando a mão sobre a boca de Ella para que ficasse quieta. — É segredo. Eca! Ela lambeu minha mão! — Lucy gritou enquanto tirava a mão da boca sorridente de Ella.

— Ah, me poupem, eu já tenho seis anos! — Ella disse gesticulando a mão com desdém. — Sei que não existem monstros embaixo da cama. Não tenho medo dessas historinhas bobas, sabe.

— Historinhas… certo — disse Norman com um sorrisinho atrevido e um brilho nos olhos. — Já que você é tão corajosa, Ella, por que não vem para a nossa noite do pijama e de histórias de terror hoje à noite na casa da Lucy?

— O quê? — gritou Lucy.

Norman lançou um olhar rápido para Lucy como quem diz: "finge que está sabendo".

— Ah… sim! É mesmo, esqueci! A noite do pijama… — Lucy disse quando se deu conta do que Norman estava tramando. Ela mordeu os lábios para esconder um sorriso. Norman até que era legal.

— Vai ser divertido! Vamos ficar acordados até a meia-noite e tudo mais — Norman acrescentou.

— Meia-noite? Sério! Ah, para, Norm. Isso é tipo, tãooo cedo. Millie Budal ficou acordada até uma da manhã ontem à noite. Vão ter que se esforçar mais.

— Tá bem. Uma da manhã! — Norman concordou. — Vai ou não vai?

Ella lançou um olhar cheio de suspeita para os dois por um momento e em seguida encolheu os ombros.

— Se incluir um pacote cheio de marshmallows, então eu vou.

— Combinado! — Norman disse enquanto apertavam as mãos.

Ella saiu saltitando em direção à rua dos pula-pulas, deixando Norman e Lucy para trás.

— Duas palavras — Norman disse enquanto observavam Ella sumir de vista. — Isca viva.

Leite de amêndoas
Manteiga
Ovos
Papel higiênico
Pasta de dente
Pilhas AA
Chocolate amargo

Ah, desculpa aí! Precisava de um lugar para escrever minha lista de supermercado. De volta para a história...

CAPÍTULO DEZ
A ARMADILHA DE MONSTRO BARULHENTO

O plano era simples: Lucy precisava entrar no Xobaime e encontrar os adultos – e para fazer isso ela precisava pegar um monstro barulhento. Seria um pouco como pescar, o que era uma das suas coisas favoritas do mundo para fazer com o pai. Norman explicou o plano para ela, e Ella Échata seria a isca.

Não só Ella, na verdade – seria Ella usando o casaco catinguento do pai da Lucy.

— É o plano perfeito! — disse Norman. — Vamos fazer Ella usar o casaco fedorento do seu pai, os monstros barulhentos vão seguir o cheiro e ver uma garotinha usando ele no meio do seu quarto, vão achar que é você e então vão te pegar... e quando fizerem isso terão caído na nossa armadilha!

Não é muito legal usar garotinhas como isca viva para pegar monstros, mas, se algum dia precisar fazer isso, então é melhor usar uma criança chata como Ella, vai que ela acaba sendo levada. Assim pelo menos não vai mais precisar aguentar a chatice dela.

— Não se preocupe — Norman acrescentou em seguida quando percebeu que Lucy parecia ter dúvidas se o plano daria certo. — Tenho 87% de certeza de que vamos pegar um monstro barulhento antes que ele chegue perto de Ella.

Norman e Lucy concordaram que era um risco razoável dada as circunstâncias e foram direto para a casa de Lucy para fazerem a armadilha. Só que Lucy não esperava que a casa não estivesse do jeito que ela deixou.

— Está... limpa?! — ela disse enquanto olhava ao redor para a casa toda arrumada. Na noite passada, ela estava com medo demais para arrumar tudo. Lucy só pulou na cama e deixou a casa de pernas para o ar. Só que hoje estava impecável.

— Que estranho! — Lucy disse. — A casa estava parecendo um chiqueiro ontem. Tinha lixo por todo lado! Eu não limpei e ninguém mais veio aqui a não ser...

Ela parou um pouco e então arregalou os olhos.

— Os monstros barulhentos! — os dois gritaram ao mesmo tempo.

Norman balançou a cabeça:

— Espera aí. Está dizendo que os monstros embaixo da sua cama, os que levaram os adultos e moram em um mundo estranho embaixo do nosso, resolveram fazer uma faxina antes de te seguir pelo buraco ontem à noite?

— Pelo visto sim — Lucy disse e encolheu os ombros.

— Mas por que será...? — Norman se perguntou, coçando o cabelo bem penteado.

— No que está pensando — perguntou Lucy, curiosa com o silêncio pensativo de Norman.

— Bom, qualquer escoteiro meia-boca sabe que a melhor maneira de pegar alguma coisa é descobrir o que é que a coisa quer. Os monstros barulhentos vão voltar para pegar o casaco catinguento do seu pai, certo?

— Sim...

— Você disse que a casa estava imunda?

— Foi...

— E quando voltou estava tudo arrumado?

— Isso!

— Então vai ver… — Norman parou para pensar mais um pouco — vai ver isso nos dá uma pista dos monstros barulhentos. Quem sabe eles amam **LIXO!**

— O quê?! — Lucy disse, achando aquilo um pouco estranho.

— Pensa um pouco! Você mesma disse que o Xobaime era nojento e fedorento. Bom, vai ver eles levam todas as nossas coisas sujas e emporcalhadas para lá — Norman disse.

Lucy abriu a boca para protestar, mas não saiu nada. Às vezes é assim que você se dá conta de que a outra pessoa está certa.

— Vamos fazer uma armadilha! — Norman sorriu.

Eles ficaram o resto da tarde montando a mais engenhosa armadilha de monstro barulhento em que conseguiram pensar. Lucy foi muito bem, mas Norman, com todo o conhecimento de escoteiro, foi fantástico!

Ele abriu um rolo de papel no chão e desenhou um mapa do quarto de Lucy.

— É só um rascunho. Se tivesse mais tempo esboçaria um plano com mais cuidado… — Norman disse, se desculpando.

— Norman, está ótimo! — disse Lucy, encarando o desenho todo detalhado aberto na frente dela no qual Norman tinha escrito **PLANO PARA A ARMADILHA DE MONSTRO BARULHENTO DE NORMAN + LUCY!** em letras enormes.

Aqui está uma cópia do plano:

Plano com diagrama rotulado: NORMAN + LUCY — PLANO PARA A ARMADILHA DE MONSTRO BARULHENTO. Rótulos: VENTILADOR, CESTO DE ROUPA, PNEU DA BIKE, CHEIRO CATINGUENTO, CAMA, M = MONSTROS BARULHENTOS, E = ELLA.

Juntos começaram a juntar os restos mais fedidos e nojentos da caçamba do caminhão de lixo do pai da Lucy. Norman mostrou para Lucy como deixar um rastro de coisas podres que levavam das sombras embaixo da cama dela para o meio do quarto. No fim da trilha, marcaram um pedaço de giz com **E**. Ali era onde Ella ficaria. Ao lado, Norman escreveu um **M** de monstro barulhento embaixo de onde penduraram a cesta grande de roupa suja da mãe de Lucy.

— Isso aqui vai cair e pegar eles! — Norman explicou enquanto erguia a cesta com um sistema complexo de polias e cordas de pular que ziguezagueava pelo quarto e terminava dentro do armário de Lucy. — É lá que você vai se esconder, pronta para soltar a cesta — ele acrescentou.

— Onde você vai ficar? — Lucy perguntou.

— Vou ficar esperando na cama, pronto para pular na cesta assim que cair neles — Norman disse, seu tom corajoso surpreendente. — O que vamos fazer quando pegarmos eles?

— Vou fazer Ella cantar para eles até contarem onde colocaram os adultos — Lucy disse e os dois riram enquanto admiravam sua obra-prima.

Em algum momento enquanto riam, Lucy se deu conta de que não tinha ficado tão feliz assim desde que o pai foi embora. Apesar do sumiço dos adultos, de monstros terem surgido de repente embaixo da sua cama e da existência de um mundo ao contrário, Norman tinha conseguido fazer Lucy rir. Ela não sabia dizer como foi que aconteceu, mas em algum momento naquela tarde Norman e ela tinham virado amigos. Talvez fosse porque eram as duas únicas pessoas em Baforadina que sabiam dos monstros barulhentos (bem, fora Ella, que meio que sabia). Era um segredo deles, afinal, e nada fortalece uma amizade mais do que um segredo. A casa estava pronta.

A armadilha estava armada. Agora só precisavam esperar os monstros barulhentos voltarem...

— Por que tenho que usar essa coisa fedida? — Ella resmungou quando se sentaram no meio do quarto da Lucy, bem no E marcado no chão.

— Ah, é só para as histórias de terror darem mais medo. Sabe, com o cheiro ruim e tudo mais... — Norman mentiu.

— É, pois é... é um efeito especial! — Lucy acrescentou.

— Tá bom, vai — disse Ella, incerta enquanto o casaco fedorento enorme caía pelos seus ombros, cobrindo o pijama de seda cor-de-rosa. Norman e Lucy estavam os dois com o seu roupão para esconderem suas roupas. Norman estava com o uniforme de escoteiro completo e Lucy com o macacão favorito, então, apesar de parecerem estar ali para uma noite do pijama, estavam prontos para uma aventura.

— Por que seu quarto está tão bagunçado? — perguntou Ella, olhando ao redor.

— Porque minha mãe não está aqui para arrumar! — mentiu Lucy, sentindo um frio na barriga. Ela detestava mentir, até para Ella Échata.

— Cadê? — Ella disse, estendendo a mão cheia de expectativa.

— Aqui. Um pacote cheio de marshmallows, como você pediu — Lucy disse, colocando as guloseimas na mão de Ella.

— Uuuuuh, agora sim, yum-yum! — disse Ella, abrindo o pacote em seguida e já mastigando alguns, separando seus favoritos, os rosa.

Eles apagaram as luzes do quarto de Lucy, se juntaram ao redor da lanterna de Norman e ficaram o resto da noite contando histórias como A casa da árvore assombrada, Noite do peixinho morto-vivo e, a favorita de Norman, As criaturas do acampamento do riacho frio.

— Essas histórias não me deram nem um pouco de medo! — Ella resmungou. — Vocês são péssimos! Achei que fossem contar histórias de dar medo de verdade. Vocês são uns baita de uns medrosos, isso sim!

De repente, um sino ressoou da igreja que ficava do outro lado da cidade de Baforadina, ecoando pela escuridão da noite lá fora, do outro lado da janela de Lucy.

— Ah, você ouviu isso? É meia-noite! — Ella disse, a expressão animada.

— Isso mesmo, Ella, e sabe o que acontece à meia-noite? — perguntou Lucy.

— A cabeça do Norman volta a ser uma abóbora? — Ella riu.

— Não. É a hora em que os monstros barulhentos saem... — Lucy disse.

Ella ficou muda e parou de mastigar o monte de marshmallows cor-de-rosa.

— Quem?

— Monstros barulhentos. Já ouviu falar dos monstros barulhentos, não ouviu? — disse Norman.

— Ah, sim... os monstros barulhentos, lembrei! Sei tudo desses tais monstros barulhentos. Na verdade, devo saber bem mais que vocês dois — Ella respondeu. Lucy sabia que ela estava mentindo. — Mas quem sabe vocês possam só me lembrar...

— Monstros barulhentos são as criaturas que se escondem embaixo da sua cama — disse Lucy.

— São os monstros barulhentos que fazem você ter pesadelos horríveis — acrescentou Norman.

— Não tenho medo dessas criaturas bobonas. É só uma história — Ella mentiu.

— É isso que muitas crianças acham, Ella, mas só tem um jeito de não ser pega por um monstro barulhento à noite — Norman disse, deixando a voz o mais assustadora que ele conseguia (o que na verdade era só um pouquinho).

— Que jeito? — Ella perguntou.

— Ficar acordada a noite toda — disse Norman.

— E não ir para a cama — acrescentou Lucy.

Ella começou a ficar um pouco preocupada, parecia querer que parassem de contar histórias de dar medo.

— Bom, vamos dormir! — disse Norman num tom alegre, desligou a lanterna e foi para a cama de Lucy. — Boa noite!

— Espera, você vai mesmo para a cama? E se um monstro barulhento aparecer? — resmungou Ella.

— Você mesma disse que é só uma história! — Norman bocejou, se virando de lado e colocando o cobertor por cima da cabeça.

— Para falar a verdade também estou ficando com sono! — disse Lucy, entrando no armário onde ela tinha deixado um travesseiro e um cobertor. Ela fechou a porta, deixando só uma frestinha aberta de onde conseguia ver Ella.

— Vocês estão doidos? — Ella gritou. — Se esses monstros barulhentos aparecerem e vocês dois estiverem dormindo, vão levar vocês! Precisamos ficar acordados a noite toda! Ela se deitou no chão, de olho nas sombras embaixo da cama.

Bem onde tinham desenhado o **E.**

— Tá bem, vamos revisar o nosso plano. Você faz a primeira vigia, Ella — Lucy disse com um sorrisinho enquanto se acomodava no armário. Mesmo sem conseguir ver Norman, sabia que ele também estava sorrindo. O plano deles estava funcionando.

Por enquanto...

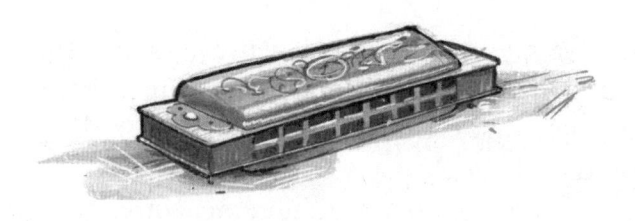

CAPÍTULO ONZE
HORA DE PEGAR MONSTROS BARULHENTOS

Lucy e Norman ficaram bem quietinhos, fingindo estar dormindo enquanto estavam em alerta para os primeiros indícios de um monstro barulhento. Ella ficou sentada no seu lugar no chão, com medo demais para se mexer, apavorada demais para dormir. Só ficou sentada ali, rezando para o sol nascer logo e acabar com essa noite assustadora.

A isca de monstro barulhento perfeita.

De jeito nenhum que Lucy ia conseguir dormir hoje à noite enquanto poderia perder o casaco do pai para um monte de criaturas horripilantes que vinham de baixo da sua cama. Enquanto ela encarava o lado de dentro do armário e os olhos se acostumavam com a escuridão, conseguiu ver tudo ali dentro.

Seu segundo e terceiro macacões favoritos pendurados em cima dela, os sapatos empilhados no canto. E então outra coisa chamou sua atenção. Alguma coisa escrita na porta. Era uma tabela de medição da sua altura com o passar dos anos. É claro que estava sempre lá toda vez que ela abria o armário, mas era uma daquelas coisas que ela via com tanta frequência que já nem reparava mais.

Agora que ela tinha tempo para ficar olhando, se deu conta do quão incrível era ver como ela já foi pequena e o quanto cresceu. Só que enquanto ela pensava, sob o fino feixe de luz entrando pela porta entreaberta, ela entendeu o que tornava aquilo tão especial. Escrito com uma caneta de quadro branco, ao lado da tabela estava a palavra *Lucy* com a letra do pai: o jeito que ele escrevia o Y era diferente, com uma volta a mais no final. Ela sentiu um quentinho no coração ao ver essa parte do pai esquecida ali.

Ela não se lembrava do dia em que começaram a fazer a tabela. Lucy apertou os olhos na pouca luz e olhou para a primeira marcação, perto dos seus pés. As palavras *2 anos e 7 meses* estavam escritas ali, com a letra bonita da mãe.

Enquanto o nome subia pela porta e a idade mostrava que ela estava ficando mais velha, Lucy viu uma coisa perto da parte de cima.

Tinha mais coisas escritas lá. Alto demais para ser a altura de Lucy. Com cuidado e sem fazer barulho, ela ficou em pé no armário para ver melhor. Enquanto se aproximava, leu as palavras *mamãe – 32 anos* e um pouco mais acima, *papai – 34 anos*.

Lucy foi tomada por um sentimento inesperado. Ela se sentiu segura e querida. Só de ver as palavras *mamãe* e *papai* escritas com as letras dos pais, lembrou-se daquela sensação que só uma família pode proporcionar um para o outro. Por um instante, ela se sentiu confortável, aconchegada no armário, como se de alguma maneira o mundo lá fora sem adultos não existisse. Como se a família estivesse junta outra vez, os três, bem ali no guarda-roupa.

Seu momento de felicidade foi interrompido pela torre do relógio ecoando por Baforadina informando a hora.

Deve estar ficando tarde, pensou Lucy contando as badaladas do relógio.

Já são três da manhã?, ela pensou. *Passou rápido!*

E foi então que ela ouviu.

Não era um ranger das tábuas do piso e sim um bocejo. Era Ella.

Lucy deu uma olhada pelo vão da porta do armário e viu Ella se esparramando sonolenta e depois esfregando os olhos cansados. *Pelo visto nossa história de dar medo dos monstros barulhentos não foi o suficiente para manter Ella acordada a noite toda,* pensou.

Então Lucy teve a impressão de ter ouvido alguma coisa.

Outro bocejar.

Dessa vez era Norman.

Mas que garoto folgado!, Lucy pensou ao vê-lo se aconchegar confortável na sua cama e dormir no seu travesseiro.

Só que Lucy teve a sensação de que alguma coisa estava errada. Ela deu uma olhadela pelo seu esconderijo no armário outra vez e viu uma coisa inacreditável.

Uma nuvem tênue de poeira dourada pairava pelo quarto, pousando sobre os olhos de Ella e Norman.

O coração de Lucy parou de bater por um instante. Ella e Norman não tinham caído no sono. Estavam sendo *forçados* a dormir! Ela viu o pó se acumular no canto dos olhos deles enquanto caíam em um sono profundo e hipnótico.

Então Lucy se deu conta de que os olhos de Ella e Norman não eram os únicos que ela conseguia ver.

Eles estavam lá.

Quatro pares de olhinhos pretos brilhantes estavam à espreita embaixo da cama, observando.

Lucy congelou no armário. Só que os olhos não estavam voltados para Lucy. Eles ainda não a tinham visto. Estavam olhando para Ella, enrolada no casaco, e para todos os pedaços de lixo podre e delicioso espalhados de forma tentadora ao redor do quarto.

— Eles estar dormindo agora — soou uma voz grave na escuridão. — Pó de dorminhoco funcionar sempre!

— Os pequeninos não acordar tão cedo essa noite — resmungou outra voz. — Aquela garotinha boba trazer um garoto magrelinho com ela. Eca, olhar! Ser aquele menino arrumadinho que morar do outro lado da rua. Parecer que ele não ser de grande ajuda. — Eles riram.

Isso é bom, pensou Lucy. Os monstros barulhentos acharam que Ella, enrolada no casaco fluorescente, era Lucy. Do jeito que ela e Norman tinham planejado.

— Vamos. Vamos pegar esse casaco catinguento logo — rosnou outra voz.

Então Lucy viu um movimento pelas sombras. Seu estômago deu um nó, e ela ficou boquiaberta, em choque, calafrios percorreram os dois braços, e os pelinhos na sua nuca se arrepiaram quando os quatro monstros barulhentos saíram da escuridão e ela os viu pela primeira vez.

A pele deles brilhava com uma umidade pegajosa como a pele nojenta de uma lesma. As orelhas eram cheias de veias, parecendo uma folha de repolho podre, as garras eram compridas e pontudas e faziam barulho pelo chão, pareciam pernas de aranhas caminhando. Cada um tinha um rabo horrível que parecia uma casca apodrecida de banana.

Um por um, eles se levantaram, a

monstruosidade se revelando por completo. As cabeças mal alcançavam a beirada da cama de Lucy.

Lucy apertou os olhos para tentar ver melhor com a pouca luminosidade. Do esconderijo dentro do armário ela conseguia ver todos bem...

Um deles tinha os braços cobertos de verrugas e bolhas cheias de pus. O outro tinha uma pele pegajosa descamando aqui e ali, lembrando Lucy da vez em que ela se queimou de sol.

O mais gordinho tinha cabelo opaco e oleoso saindo das suas orelhas enormes e a barriga redonda como uma bala de canhão.

O último a sair da escuridão tinha uma camada de espinhos nas costas que pareciam unhas pontiagudas há tempos sem cortar.

Esse era o líder. Lucy soube pelo jeito que os outros saíram da frente enquanto ele se arrastava fazendo barulho pelas tábuas de madeira do quarto dela.

Só de ver essas criaturas, o estômago de Lucy já se retorceu. Eram as coisas mais horrendas que ela já tinha visto na vida. Mas o quanto eram nojentos era só o começo.

— Ooooh, olhar para isso! — o gordinho disse, erguendo um pedaço podre de pizza com uma camada esponjosa de mofo verde desprendendo da crosta. Norman tinha pegado do caminhão de lixo mais cedo pensando que seria uma ótima isca de monstro barulhento. Ele tinha razão, pensou Lucy, fazendo uma careta enquanto o monstro barulhento cheirava como se fosse algo delicioso.

— Não tocar nisso, Pum. Nós estar aqui para pegar só uma coisa esta noite — rosnou o líder.

Pum? Que nome horrível, Lucy pensou. Pum soltou um baita pum do fundo do buchinho gordo, e Lucy entendeu de onde veio o nome.

— Mas, Resmungão, olhar só todas essas preciosidades. O quarto estar imundo, do jeito que a gente gostar — disse Pum, olhando para o rastro deixado pelo chão.

Resmungão? Esse nome é pior que Pum!, o que tinha unhas despontando das costas e uma careta permanente que parecia combinar com o nome.

— Pum ter razão. Nós precisar pegar as coisas fedorentas, Resmungão. Elas ser boas demais para...

— Desperdiçar! — soltou o cheio de verrugas horríveis, interrompendo o que tinha a pele escamosa.

— Não falar quando eu falar, Funguento, seu enrolão podre!

— Desculpa aí, Coceirinho. Eu sempre esquecer — Funguento disse com uma risada nervosa.

— Coceirinho! Funguento! Quietos — bufou Resmungão.

Resmungão, Pum, Coceirinho e Funguento. Lucy repassou seus nomes para si mesma. Eram nomes horríveis para criaturas horrorosas.

— Tá bem. Se querer o lixo, é melhor a gente pegar logo — Resmungão disse e em seguida os quatro monstros barulhentos começaram a fazer a coisa mais nojenta e estranha. Eles esticaram os braços e pernas pegajosos e úmidos e começaram a rolar pelo quarto. Enquanto rolavam por pedaços de pizza fedorentos, caixas vazias de cereal, cascas velhas de sanduíches, um único pé de um sapato sujo, os restos do jantar e cada pedaço nojento de lixo, Lucy viu que tudo grudava na pele deles. Quando enfim pararam de rolar e se levantaram, o chão estava limpinho – e os monstros barulhentos cobertos da cabeça gosmenta aos pés descascados.

Foi a coisa mais estranha que Lucy já viu na vida. Quatro criaturas estranhas cobertas de lixo e restos de comida!

Resmungão, Pum, Coceirinho e Funguento se entreolharam e viram como estavam totalmente cobertos de lixo. Então, um por um, começaram a rir.

Só que monstros barulhentos não riem como eu e você. Eles são de um mundo onde tudo é ao contrário, certo é errado, bom é ruim e rir mais parece um bebê chorando. Depois da gritaria que durou quase cinco minutos, mostrando toda a podridão do lixo que tinham encontrado, e bem quando Lucy começou a se perguntar se eles acordariam Ella e Norman,

Funguento colocou a garra gordurosa dentro de uma bolsinha amarrada em volta do pescoço e tirou mais um punhado do pó dourado deles.

— Só para ter certeza... — Funguento disse ao soprar pó de dorminhoco pelo ar que flutuou como magia farelenta até os cantos dos olhos sonolentos de Ella e Norman mais uma vez.

TOQUE A MÚSICA 5:

— Sem chance de eles nos impedir dessa vez — Funguento acrescentou e então roncou como um porquinho.

O coração de Lucy bateu rápido. Os monstros barulhentos não sabiam que ela estava escondida no armário, mas se soubessem com certeza jogariam o pó mágico de fazer dormir nela também.

Então ela teve uma ideia. Na verdade, a ideia estava pairando bem acima da sua cabeça. Sua roupa de natação estava em um cabide – e, enrolados na parte de cima, estavam os óculos de natação. Lucy estendeu o braço e os colocou, protegendo os olhos de qualquer pó de dorminhoco que estivesse flutuando por aí.

— Agora nós ir pegar o casaco catinguento e levar para o Xobaime — rosnou o Resmungão em direção a Ella.

Os três outros monstros barulhentos o seguiram, se arrastando feito uma enorme sombra até o meio do quarto, um amontoado gosmento se aproximando de Ella, que estava deitada toda aconchegada em um sono profundo. Eles esticaram as garras para pegar o casaco catinguento, indo direto para o local no chão marcado com um **M**.

Bem onde Lucy os queria…

CAPÍTULO DOZE

RESMUNGÃO, PUM, COCEIRINHO E FUNGUENTO

Lucy olhou para cima, onde a pesada cesta de roupa suja estava pendurada no teto, e então de volta para os monstros barulhentos embaixo.

Só... mais... um... passo..., Lucy pensou, e então...

PEGUEI VOCÊS!

Ela soltou a armadilha de monstro barulhento. A corda se desenrolou em volta dos cabides e saiu pelo armário tão rápido que ela mal conseguiu ver quando zuniu pelo quarto. Um estrondo seguiu quando a cesta caiu lá de cima, prendendo os monstros barulhentos dentro dela e fazendo o lixo que recolheram sair voando para todo lado.

— Não! — resmungou o Resmungão.
— Ai! — soltou Pum.
— Sair de cima de mim! — gritou Coceirinho.
— Nós estar presos! — grunhiu Funguento.

Os monstros barulhentos gritavam, desesperados, e Lucy pulou para fora do armário, o coração retumbando nos ouvidos como se fosse o alarme de um relógio.

— Ser a pequenina! — Resmungão rosnou. — Ela se esconder no guarda-roupa!
— Que espertinha! — soltou Pum.
— Sim, mas essa garotinha ser uma baita...
— Malandrinha! — Funguento gritou, interrompendo Coceirinho, que deu uma cabeçada nele.
— Opa, desculpa aí!
Resmungão logo assumiu a frente, enfiou a mão na bolsa ao redor do pescoço de Funguento e tirou um punhado de pó de dorminhoco. Ele soprou bem na direção de Lucy e todos os monstros barulhentos assistiram ansiosos enquanto o pó flutuava pelo ar rumo ao rosto dela, como se tivesse vontade própria e esticasse seus dedos esfarelentos na sua direção. Só que em vez de cair nos olhos de Lucy, o pó foi de encontro às lentes dos óculos de natação e caiu sem qualquer efeito no chão.

Funguento arfou apavorado e desmaiou de choque. Nunca uma pequenina – quer dizer, criança – conseguiu escapar do pó de dorminhoco.

— Sua bacuri cheia de truques! — rosnou Resmungão.

— Viram aquilo? A pequenina tem óculos antipó de dorminhoco! — soltou Pum apavorado.

Coceirinho chutou a barriga de Funguento:

— Funguento! Funguento, sou eu, Coceirinho! Acor...

— Da! — Funguento disse, voltando a si.

— Ela é uma pequenina cheia dos truques — Resmungão resmungou, encarando Lucy.

De repente, ele começou a cavar o chão com as garras pelos vãos da cesta de ponta-cabeça, na qual eles estavam espremidos. Os outros monstros barulhentos começaram a fazer o mesmo, cravando as garras no chão de madeira e arranhando. Aos poucos a cesta começou a se mexer pelo piso até a cama. Não era pesada o suficiente para mantê-los no lugar, e já que Norman tinha apagado graças ao pó de dorminhoco, não tinha ninguém para segurar a cesta.

Lucy engoliu em seco, tomou coragem e correu pelo quarto. Ela pulou em cima da cesta, prendendo os monstros barulhentos no lugar.

— Soltar a gente! Soltar a gente! — os monstros barulhentos rosnaram.

— Não vou, não! — disse Lucy, a voz trêmula de nervosismo enquanto ela subia nos monstros. Era pavoroso não saber o que os monstros barulhentos estavam fazendo embaixo dela, mas ela não se arriscou a descer ou eles fugiriam. Quando ela deu uma olhada na borda, os monstros barulhentos estavam escondidos nas sombras. Ela só conseguia ver as garras compridas e pavorosas enquanto arranhavam o chão.

Lucy queria poder acender a luz, mas o interruptor ficava do outro lado do quarto. Seria bom se ela tivesse...

A LANTERNA DE NORMAN!

Ela conseguia ver a lanterna na cama ao lado dele – será que ela conseguiria alcançá-la?

— O que a pequenina fazer? — Pum murmurou com nervosismo lá debaixo.

— Não consigo ver a malandrinha! — resmungou Resmungão.

— Ela está tentando alcançar alguma coisa — rosnou Coccirinho.

— Ela pegou uma... **AAAAAAHHH!** O claro!

— O claro — Funguento gritou de dor quando Lucy acendeu a lanterna e direcionou para a cesta, tentando ver esses monstros barulhentos melhor.

— Desligar essa luz, sua pequenina horrorosa! Está quente também! — Resmungão gritou, se encolhendo para tentar se esquivar da lanterna.

Lucy de repente sentiu um cheiro horrível. Parecia cheiro de cabelo queimado, ressecado e esfumaçado. Foi então que ela se deu conta de que não era só que os monstros barulhentos não gostavam de luz, ela os estava machucando. Queimando.

— Ah... me desculpe! — Lucy disse, desligando a lanterna. Por mais nojentas que essas criaturas fossem, ela não queria machucá-las. Criatura nenhuma merecia isso. Sem falar que o cheiro da pele deles queimando era horrível!

— Isso, boa pequenina! — arfou Pum, esfregando sua pele queimada. — Agora levantar a cesta e nós ir embora. Nós deixar seus amigos em paz, tá bem? — ele acrescentou, erguendo os olhinhos pretos para Lucy.

— Ella! Norman! — Lucy disse, se lembrando de repente de seus amigos. Ela deu um empurrãozinho em Ella, que estava deitada ao lado da cesta. — Ella, sou eu, Lucy, está me ouvindo?

Mas Ella não abriu os olhos. Ela continuou roncando num sono feliz e contente.

— Ah, se eu fosse você não acordar ela — disse Funguento, tentando ajudar. — Não é bom acordar alguém que ser atingido pelo pó de dorminhoco. Eles ficar com a caixola toda esquisita.

— Com a caixola esquisita? Atingido pelo pó? — Lucy perguntou, confusa.

— Sim, os pequeninos apagar com um pouquinho de pó de dorminhoco e então nós poder sair sem problemas... Ai! — grunhiu Funguento quando Resmungão acertou uma cotovelada bem na sua barriga redonda.

— Ficar quieto, cabeça de bagre! Você contar demais para a humana — Resmungão repreendeu.

— Não! Conta mais! É por isso que prendi vocês. Quero respostas e não vão para lugar nenhum até me contarem tudo!

Os monstros barulhentos ficaram quietos, e Lucy percebeu que estavam se entreolhando dentro da cesta.

— Nós não contar nada para a pequenina. — Ela ouviu Resmungão dizer aos outros. E então ele acrescentou em um tom de voz mais alto. — Nós esperar mais monstros barulhentos virem nos libertar.

— E aí você estar em um problemão — sussurrou Coceirinho em um tom ameaçador, com um sorrisinho malvado.

— Que outros monstros barulhentos? — disse Funguento, curioso, esfregando a barrigona em formato de bala de canhão. — Não sabia que vir mais alguém aqui hoje à noite.

— Fechar essa boca grande, seu cabeça de vento! — Resmungão soltou.

— Ah, entender, desculpa! Sim, os outros… — Funguento disse rápido, tentando entrar no jogo, mas agora Lucy já sabia que não viria mais ninguém.

De repente, ela teve uma ideia. Tinha um jeito de ver os monstros barulhentos – pelo espelho do quarto! Ela se virou para a parede onde ficava um espelho enorme, no lugar perfeito para refletir aquelas criaturas embaixo da cesta.

— Aí estão vocês! — Ela sorriu e colocou as mãos na cintura.

— Oieeee! — Funguento deu um tchauzinho alegre e levou uma cotovelada no nariz de Resmungão.

— Agora quero que me contem o que fizeram com os adultos — Lucy disse.

— Não — bufou Resmungão, firme, a encarando pelo espelho.

— Quero saber para onde os levaram — Lucy explicou, seu tom tranquilo.

— De jeito nenhum.

— Quero saber por que vocês invadem nosso quarto à noite.

— Nós não poder contar nossos segredos para a pequenina!

— E quero que me contem como faço para trazer os adultos de volta — disse Lucy.

— Uá! Uá! Uá! — choramingou Resmungão, o que lembrou Lucy do jeito estranho que eles riam. — Ter os adultos de volta! Uá, uá! Isso ser impossível, sua pequenina boba.

O estômago de Lucy deu um nó ao ouvir a palavra impossível.

— Não sou boba. Nada é impossível — ela disse. — Não existe nada que seja impossível. Tudo está na sua cabeça! Se me contarem onde os adultos estão, eu mesma vou para o Xobaime buscá-los e então tudo pode voltar a ser como antes.

— Ah, não ter como você fazer isso — soltou Pum, agora seu tom era mais sério do que antes. — Saber, pequenina, os adultos não ser mais os mesmos de antes.

Os monstros barulhentos começaram a rir, algo que mais parecia o som de gargarejo quando você escova os dentes.

— Como... como assim? — Lucy disse, sentindo uma pontada de desespero. — O que vocês fizeram com eles?

— Nós? — disse Coceirinho. — Não ser nós. Não ser Resmungão, Pum, Coceirinho e Funguento. Nós ser monstrinhos bonzinhos. Nós não machucar seus...

— Adultos — interveio Funguento.

— Então quem foi? — perguntou Lucy, tentando decifrar aquele enigma.

— O Xobaime — disse Resmungão, seu tom maldoso. — O Xobaime fazer o que o Xobaime fazer.

— E o que é que o Xobaime faz? — perguntou Lucy.

Os monstros barulhentos se entreolharam com sorrisos maldosos.

— O Xobaime mudar eles — disse Resmungão.

— O Xobaime inverter eles — soltou Pum.

— O Xobaime prender eles... — acrescentou Coceirinho.

— Para sempre — sussurrou Funguento.

CAPÍTULO TREZE

...

E spera aí! O número treze não dá azar? Não parece certo escrever um livro sobre criaturas assustadoras que moram embaixo da cama e usar esse número em um capítulo como se não fosse nada demais. E se quando você ler este capítulo um monstro barulhento pegar você? Eu me sentiria culpado! Melhor pularmos direto para o capítulo quatorze, não é? Acho melhor. Todo cuidado é pouco quando se trata de monstros barulhentos.

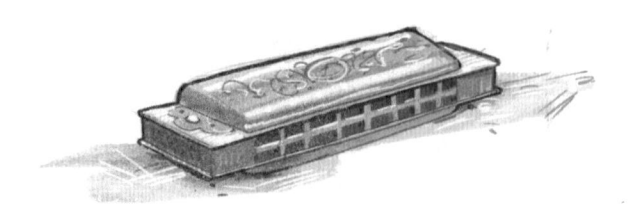

CAPÍTULO QUATORZE
FEITIÇOS HUMANOS

TOQUE A MÚSICA 6:

Para Lucy, aquilo foi a gota d'água. Ela tentou ser forte desde o dia em que tudo começou. Já tinha perdido o pai. Agora, ouvir aquelas criaturas dizerem que talvez ela nunca mais fosse ver a mãe foi demais.

Então Lucy fez a única coisa que as pessoas fazem quando não têm outra coisa a fazer: ela abriu a boca para chorar.

Ela chorou e chorou, sentada em cima da cesta com os quatro monstros barulhentos horríveis presos embaixo, ouvindo seus soluços. As lágrimas começaram a se acumular dentro dos óculos de natação, mas Lucy não se arriscou a tirá-los.

Com toda a certeza, ela não confiava nos monstros barulhentos.

— O que a pequenina está fazendo? — disse Coceirinho.

— Que barulho horrível! — disse Funguento, tampando as orelhas molengas com os dedos compridos.

— Estou... chorando... suas... criaturas... horríveis — Lucy disse chorando.

— Chorando? O que é chorando? — Funguento perguntou, e Lucy conseguia ver de canto de olho os quatro monstros barulhentos olhando para ela pelas fendas da cesta.

— Nunca viram ninguém chorando, não? — Lucy fungou.

— Não — os monstros barulhentos soltaram juntos.

— Nós sempre viemos enquanto os pequeninos estão dormindo. Nós nunca ver um humano chorando antes — explicou Resmungão.

Lucy limpou as lágrimas que escorriam pela bochecha e fungou para encobrir um soluço.

— Bom, chorar é algo que você faz quando está muito, muito triste — ela disse.

— Chorar ser ruim? — soltou Pum, animado. — Monstros barulhentos gostar de coisas ruins!

— Na verdade, meu pai costumava dizer que chorar é bom. É quando todas as coisas dentro da sua cabeça se acumulam tanto que começam a vazar pelos olhos. É bom colocar para fora — disse Lucy.

Os monstros barulhentos ficaram quietos embaixo dela, como se estivessem pensando no que ela acabou de dizer.

— Às vezes eu sentir ter coisa *demais* dentro da minha cabeça — admitiu Coceirinho, tirando uma pelinha do couro cabeludo que coçava e enfiando na boca.

— Todo dia nós ir para todo lado. Um dia nós pegar os adultos, no outro ser crianças dorminhocas... — Sua voz começou a soar estranha, quase como se estivesse tentando se conter para não rir.

— Eu te entender — disse Funguento, soltando uma risadinha em seguida.

— Nós só fazer coisas nojentas todas as noites! — concordou Pum.

E, com isso, todos os três começaram a gargalhar.

Lucy os encarou. *Mas que criaturas horríveis*, ela pensou. *Começaram a rir quando tem alguém chorando!*

Só que ela se lembrou que esses monstros barulhentos vinham de um mundo ao contrário – e que, quando eles choravam, na verdade parecia que estavam rindo. Será que isso queria dizer que, agora quando estavam rindo, na verdade estavam tristes? Era tudo muito confuso e estranho.

— Parar com essa baboseira, seus bobalhões! — rosnou Resmungão. — A pequenina enfeitiçar vocês com seus feitiços de pequenina, ela espumar o cérebro de vocês com coisas de humanos. Isso ser magia obscura humana! — Ele lançou um olhar fulminante para Lucy pelas frestas da cesta de roupa suja.

— Não joguei feitiço nenhum neles! — protestou Lucy. — Nem sei como fazer isso. Humanos não fazem magia! Só contei uma história, só isso.

— Pois histórias e magia ser a mesma coisa. As duas encher sua cabeça de ideias que não estar lá antes. E fazer você ter uma perspectiva diferente do mundo — gritou Resmungão, chateado, e os outros monstros barulhentos pararam de se comover com o feitiço da história de Lucy e voltaram a ser nojentos, ou seja, eles mesmos.

De repente uma coisa pareceu ter acontecido que fez os monstros barulhentos mudarem. As orelhas enrugadas se empinaram como um gato ouvindo um rato guinchar. Então Lucy ouviu o sino da igreja tocar à distância. Que horas seriam? Lucy começou a fazer as contas.

— Já ser quase manhã! — Resmungão disse.

— A escuridão quase acabar — disse Pum.

— Nós voltar para o... — começou Coceirinho.

— Xobaime! — terminou Funguento.

— Não vão, não — Lucy disse, ajeitando os óculos de natação. Ela se movimentou para ficar mais confortável em cima da cesta e os encarou pelo espelho. — Não vão a lugar nenhum até me contarem o que eu quero saber. Por que estão aqui e o que fizeram com os adultos?

O sino da igreja parou de tocar. Eram cinco horas. Já estava quase amanhecendo.

— Contar para ela, Resmungão. Ser o único jeito — soltou Pum. — Nós virar pó se ela não deixar a gente ir embora!

— Pó? — Lucy perguntou, mas os monstros barulhentos apertaram os lábios feios e ela soube que não diriam mais nada. Ela tentou mais uma vez:

— Me contem tudo ou vão ficar aqui!

Houve um instante de silêncio enquanto Resmungão pensava no que fazer. Ele estava com um baita abacaxi podre na mão... ainda que na verdade Resmungão adorasse abacaxi podre, mais ainda se estiver em um pedaço de pizza bolorenta. Só que isso estava mais para um mar de rosas... o que Resmungão teria odiado!

— Contar para ela, Resmungão! — sussurrou Funguento, nervoso.

— É, Resmungão — disse Lucy. — Me conta o que eu quero saber e deixo vocês irem, mas não vou perguntar de novo. *O que vocês fizeram com os adultos?*

— Tá mal, então. Resmungão contar para a pequenina cheia dos truques. Mas isso trazer problemas para Resmungão — Resmungão resmungou.

— Problemas ser melhor que virar pó — disse Funguento, um pouco trêmulo.

Resmungão suspirou e passou as garras pelas costas cheias de unhas pontudas.

— Ser fácil de entender. Nós, monstros barulhentos, odiar os adultos — ele disse.

— Odeiam os adultos? — disse Lucy.

— Nós odiar eles como nós odiar o cheiro de rosas em uma manhã ensolarada.

— Nós odiar eles como nós odiar o gosto de sorvete de framboesa.

— Nós odiar eles como nós odiar uma garrafa de água quente em uma noite fria. — Todos os monstros barulhentos concordaram, estremecendo.

— Mas por quê? — Lucy perguntou.

— Aqueles adultos bobos limpar todo o lixo e... e...

Lucy reparou que Resmungão estava ficando cada vez mais agitado enquanto tentava soltar essas palavras:

— ... eles desperdiçar tudo! — ele soltou.

— Desperdiçam o quê?

— Desperdiçar todo o LIXO! — os monstros barulhentos disseram juntos.

— Todo o lixo tão maravilhoso.

— Todos os restos podres.

— Todas as coisas que vocês, humanos bobos, usar só uma vez e depois jogar fora aos montes nos oceanos cheios d'água — disse Resmungão.

— Eles também enterrar uma parte — acrescentou Pum.

— Ou queimar tudo até virar fumaça. Ou ainda esconder para não ficar à vista, onde nós não conseguir encontrar, ou pior, onde nós não conseguir pegar... nós...

— Monstros barulhentos! — Coceirinho e Funguento disseram juntos.

— Tá bem — disse Lucy. — E qual é o problema?

Os monstros barulhentos, bateram suas mãos pegajosas nas testas gosmentas e soltaram um suspiro de frustração.

— Não ser óbvio, pequenina? — respondeu Resmungão. — Nós, monstros barulhentos não só gostar das coisas que vocês jogar fora. Nós PRECISAR delas.

— Sem elas o Xobaime desaparecer — Pum explicou. — Todas as coisas que seus adultos achar que ser podre e nojenta e querer fora das suas casas... nós, monstros barulhentos, querer ficar com elas.

— Ah, entendi! Para reutilizar? — disse Lucy.

— SIM! — eles rugiram.

— É por isso que nós pegar todos os adultos e deixar só os pequeninos bagunceiros — Resmungão explicou.

— Vocês, bagunceirinhos, saber como fazer uma baita bagunça — soltou Pum, com aprovação. — E vocês não limpar depois. Então nós poder vir e pegar tudo o que nós quiser agora. Nós levar tudo para fazer nossas casas fedorentas.

— Fazem casas do lixo? — Lucy perguntou.

— Ah, sim! — soltou Pum, animado. — Nós fazer as piores casa fedorentas do Xobaime! Grandes e catinguentas com paredes de caixa de ovos e janelas de garrafas de refrigerante.

— Eu ter um tapete todo de casca de banana — disse Coceirinho.

— E meus travesseiros ser de sacolas plásticas com latinhas vazias dentro! — Funguento disse, orgulhoso.

— En... entendi — disse Lucy. Ela tentou imaginar como eram as casas deles, feitas de tudo aquilo que ela jogava fora.

Pareciam horríveis para ela, mas os monstros barulhentos pareciam orgulhosos do quanto eram nojentos.

— Então, se nós deixar seus adultos bobos esconder tudo embaixo da terra... — continuou Resmungão.

— Ou jogar nos oceanos...

— Ou no céu...

— Então nós não ter mais onde morar — Pum finalizou. — Nós não ter então como sobreviver no Xobaime.

Lucy ficou um tempo pensando bem em tudo o que tinham dito. Pensou na bagunça que ela tinha feito e para onde tudo aquilo ia depois que a mãe dela jogava tudo fora e aquelas pilhas e pilhas de lixo que já tinha visto o pai levar para o aterro de Baforadina todos os dias.

— Agora a pequenina nos deixar ir? Como você prometer, não é? — disse Resmungão.

— Antes que o sol nos transformar em pó! — soltou Pum.

— Ficar quieto, seu bobalhão! — rosnou Resmungão, empurrando Pum com tanta força que Lucy sentiu a cesta balançar embaixo dela. — Você contar para ela nossa fraqueza!

— O sol... transforma vocês em pó? — Lucy perguntou. Sua cabeça estava girando. — Vocês não gostam de luz solar?

Resmungão suspirou e pelo espelho Lucy o viu olhar feio para Pum.

— O sol é bom demais — ele murmurou.

— E quente.

— E adorável.

— E gentil.

— Nossa pele ser muito sensível para ver ele. Ser por isso que nós morar no Xobaime, embaixo das camas. A luz do sol não nos alcançar lá embaixo. Nós virar pó se ele nos pegar — explicou Funguento, colocando a mão na bolsinha e tirando um punhado de pó de dorminhoco.

— Quer dizer... está dizendo que pó de dorminhoco é feito de... de...

— Monstros barulhentos que virar pó — Funguento disse, triste, colocando de volta na bolsinha e apertando os fiozinhos para fechar bem. — É por isso que a sua magia funcionar tão bem e ser tão poderosa.

Lucy pensou em todas as vezes em que acordou com farelos dourados no canto dos olhos. Nunca se perguntou o que seria aquilo... mas agora uma sensação estranha, um frio na barriga, a atingiu. Aquele pó significava que um monstro barulhento perdera a vida. Por mais que sejam criaturas podres, nojentas e horríveis, Lucy estava começando a gostar deles.

— Olhar! O claro! — gritou Pum apontando o dedo mole para os raios de uma luz prateada com tons alaranjados que começavam se esgueirar pelas cortinas de Lucy.

O tempo deles tinha acabado!

CAPÍTULO QUINZE
DE VOLTA AO XOBAIME

A lguma vez seu pai ou sua mãe já queimou o jantar? Ou talvez uma torrada no café da manhã?
Lembra como era o cheiro?
Horrível, não é?
Bom, foi esse mesmo cheiro que chegou até o nariz de Lucy.

— **QUENTE! QUENTE! QUENTE!** — os monstros barulhentos gritaram enquanto as primeiras ondas da formidável luz da manhã chegavam até onde estavam presos, infiltrando-se pelas fendas da cesta como facas afiadas. Lucy olhou para baixo e ofegou ao ver a pele deles inchar feito caramelo borbulhante com o primeiro raio de sol.

— Nos soltar! — Resmungão rosnou.

— Ai, meu deus! Me desculpem! — Lucy disse, pulando da cesta na mesma hora. Ela a tirou de cima dos quatro monstros barulhentos e correu para as cortinas para que ficassem bem fechadas, assim teriam tempo para irem embora.

Só que quando ela se virou seu coração deu um pulo. Os monstros barulhentos estavam tirando o casaco catinguento do seu pai do corpinho molenga e dorminhoco de Ella.

— Ei! Isso aí é do meu pai! — gritou Lucy.

— Pequenina bobona! Nunca confiar em um monstro barulhento! — Resmungão gritou quando colocou o casaco como se fosse um manto real. De repente ele entrou debaixo da cama de Lucy, mais rápido do que ela os tinha visto se moverem antes. Pum, Coceirinho e Funguento foram logo atrás, rindo daquele jeito estranho e ao contrário, até sumirem na escuridão ali embaixo.

— Não! — Lucy gritou... mas era tarde demais. Eles já tinham ido embora e levado o casaco do pai de Lucy para o Xobaime!

Lucy balançou Ella:

— Acorda, dorminhoca!

— Mas... eu só gosto dos marshmallows cor-de-rosa... — Ella resmungou sem acordar.

Lucy pulou na sua cama, uma e outra vez, e em seguida balançou Norman.

— Acorda, seu folgado! — ela chamou. — Não tem broche para *dormir quando mais precisam de você*!

Na verdade, tem um broche para *dormir quando mais precisam de você*, sim. E é assim...

Não adiantava. Norman e Ella estavam sob efeito do pó de dorminhoco e não iam acordar. Lucy estava sozinha... e precisava pensar rápido.

— Isso mesmo, preciso pensar rápido — Lucy disse para si mesma com firmeza. — Sou a única pessoa que sabe onde os adultos estão e como chegar lá. Preciso encontrar minha mãe. Preciso trazer minha mãe de volta!

Lucy se abaixou no chão e olhou para a escuridão embaixo da cama. As tábuas de madeira pareciam normais, mas Lucy sabia que não era bem assim. Ela estendeu o braço e deu uma cutucada no chão.

O piso remexeu.

O caminho de minhoca até o Xobaime ainda estava aberto! Só que assim que Lucy pensou nisso o chão balançou um pouquinho, uma bolha subiu à superfície e estourou, como se fosse algum tipo de gelatina com vida própria. Lucy puxou a mão rápido e sentiu o calor do sol da manhã enquanto iluminava o quarto pelas cortinas finas.

A luz do sol deve estar fazendo o caminho de minhoca se fechar!, pensou Lucy. *É isso... é agora ou nunca.*

Ela arrumou os óculos de natação, colocou a franja de lado, respirou fundo e mergulhou de cabeça na escuridão embaixo da cama.

O chão a engoliu por inteiro. Logo em seguida

ela estava se afundando no chão molenga que balançava, de volta ao Xobaime.

Lucy tentou relaxar, deixar as paredes pegajosas se apertarem e esticarem ao redor dela, até enfim a cuspir no final do estranho túnel do Xobaime. Ela se virou de ponta-cabeça, ou seria de cabeça-ponta? Não importa, a questão é que ficou bastante tonta de novo quando caiu sentada ao lado do buraco que ia para o quarto dela.

De repente, o buraco começou a brilhar em um tom de um lindo laranja, como se fosse um nascer do sol quentinho, então afundou e sumiu.

— O buraco deve fechar durante o dia para a luz do sol não entrar aqui, assim os monstros barulhentos e o Xobaime ficam protegidos de virarem *pó* — Lucy resmungou. — Mas isso também quer dizer... que não consigo mais sair daqui! Estou presa aqui embaixo agora... pelo menos até anoitecer em Baforadina outra vez.

Uma risada de monstro barulhento ecoou por um corredor cheio de vapor, e Lucy viu quatro sombras distorcidas se apressarem lá na frente.

— Nós pegar o casaco catinguento! — ela ouviu Resmungão dizer e rir em seguida.

— Coceirinho vai usar como cobertor para dormir.

— Funguento quer fazer de tapete podre!

— Pum vai transformar em um par de cortinas fedidas.

— Ninguém aqui ficar com essa coisa catinguenta. Nós levar para o rei! — Resmungão rosnou.

— O rei? — Lucy sussurrou para si mesma.

— Todos saudar o rei! — os monstros barulhentos gritaram juntos enquanto adentravam o túnel.

O rei dos monstros barulhentos. Ele deve ser o pior de todos! Lucy pensou.

E ela tinha razão. O rei dos monstros barulhentos era o pior monstro barulhento no Xobaime... mas a pior parte é que, para salvar os adultos e levar a mãe de volta, ela precisaria enfrentá-lo.

Mas não conte para ela!

CAPÍTULO DEZESSEIS
O MARSHMALLOW DOS SEUS SONHOS

A fogueira estava quentinha e aconchegante, o cheiro de marshmallows tostados fez a barriga de Norman roncar de alegria.

Ele revirou seu marshmallow em torno das chamas laranja tremeluzentes, conseguindo assim tostá-lo do jeito mais perfeito e uniforme que alguém já viu. Esse não estava preto ou queimado como costumam ficar, também não ficou molenga, escorrendo do palito. Era douradinho e crocante. Quente e borbulhante. Era, para falar a verdade, o tipo de marshmallow tostado que só vemos em sonhos.

E era bem onde ele estava. No sonho de Norman. De repente a fogueira aconchegante foi interrompida pelo som mais irritante que ele já tinha ouvido: uma sirene ecoando pelo céu, preenchendo o ar de chatice.

OORRRAAAA OOOOORRRRRAAAARRRR OOOOOORRRAAAAA

— Que som é esse? — Norman gritou, deixando o marshmallow cair nas chamas para tapar os ouvidos enquanto o som ficava cada vez mais alto.

OOOORRRRMAAAAA

OOOOORRRRRRMAAAAA
NOOOOORRRRMAAAA
NOOOORMAAAAN!
NOOORMAAAN!
NORMAN!

Norman se sentou na cama de Lucy.

— Norman? Sou eu, Ella! — Ella chamou, toda descabelada e com cara de cansada.

— Eu dormi? — Norman resmungou.

— Acho que sim. Nós dois acabamos dormindo!

— Você também?

— Uhum. — Ella bocejou, colocando os óculos escuros cor-de-rosa em formato de coração para esconder os olhos cansados da luz do sol que entrava pelas cortinas, fazendo o quarto de Lucy brilhar.

— Cadê o casaco? — Norman perguntou quando se deu conta de que Ella não estava mais usando o casaco do pai de Lucy.

— Sei lá — Ella disse e encolheu os ombros. — Quando acordei não estava mais aqui.

O cérebro de Norman estava começando a pegar no tranco. Ele ainda não conseguia pensar direito.

Ele bocejou logo depois de Ella e esfregou os olhos. Foi então que ele percebeu os grãozinhos dourados que caíram no lençol. Os farelinhos que estavam nos cantos dos seus olhos.

Seu coração deu um pulo.

— Lucy! — ele ofegou.

— Ela não está aqui — Ella disse enquanto Norman pulava da cama e corria até o guarda-roupa.

— Ela…

— Sumiu? — Ella interrompeu.

Norman assentiu com a cabeça.

— Deve estar lá embaixo fazendo café da manhã.

— Não… Ella, você não entendeu. Pegaram ela!

Ella inclinou a cabeça e abaixou os óculos para lançar um olhar com uma das sobrancelhas arqueadas para ele.

— Quem?

— Os monstros barulhentos! Devem ter pegado ela quando nós dormimos! — Norman sussurrou, arrumando o cabelo todo espetado para cima.

— Pegaram ela? Ah, é? — Ella perguntou em um tom que dava a entender que não estava acreditando muito.

— É! Pelo visto a primeira parte do nosso plano funcionou.

— Plano? Que plano? — Ella perguntou.

Norman se deu conta de que era melhor não contar para Ella que só tinham convidado ela para a usarem como isca viva, para atraírem um monte de monstros assustadores na esperança de conseguirem pegá-los.

— E então? — disse Ella, batendo o pé com impaciência.

— Ella, aqueles sonhos que você teve...

— Dos monstros embaixo da minha cama?

— Isso! Não eram sonhos. Eles existem mesmo. São reais.

— Quem? — Ella perguntou.

Norman ergueu um dedo trêmulo e apontou para as sombras embaixo da cama de Lucy.

— Os monstros barulhentos — Ella interrompeu outra vez quando se deu conta do que estava acontecendo e o quão séria a situação tinha ficado.

— Precisamos dos adultos — ela disse.

— Precisamos de Lucy! — Norman disse.

Certo, estamos prestes a mergulhar no Xobaime com Lucy. Se prepara. Se eu fosse você ia ao banheiro antes de ler esse capítulo. Não quero que você tenha um pequeno acidente. Não vai? Tá bem, depois não vai dizer que eu não avisei. Ao continuar a ler você concorda que o autor está isento de responsabilidade por qualquer acontecimento relacionado à ida ao banheiro que pode acontecer como resultado de você ficar com medo no(s) capítulo(s) a seguir.

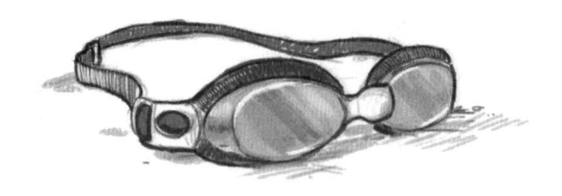

CAPÍTULO DEZESSETE
VOCÊ NÃO ESTÁ AQUI!

Lucy foi devagarzinho pelo corredor assustador e fedorento, seguindo as vozes horríveis de Pum, Resmungão, Coceirinho e Funguento.

Ela pulou as plaquinhas de madeira enquanto lia os nomes de todos os seus vizinhos em Baforadina e seu estômago se apertou ao pensar em todas as crianças lá em cima, acordando mais um dia em um mundo sem adultos, sem saber da existência desse lugar, sem se dar conta do que estava em jogo.

Se Lucy não conseguisse achar os adultos, se ela se perdesse aqui embaixo, talvez ela nunca conseguisse encontrar a saída, e as crianças de Baforadina nunca veriam suas famílias de novo.

De repente, um segundo corredor apareceu na sua frente e ela tinha certeza de que ele não estava lá antes. Ela coçou a cabeça enquanto encarava a bifurcação no caminho e pensava na escolha que precisaria fazer. Será que deveria ir pela esquerda? Pela direita? Ou seguir pelo terceiro corredor?

O terceiro corredor?

De onde ele veio?, Lucy pensou. *Com certeza não estava lá agora há pouco.*

Ela olhou para trás, para o caminho por onde veio... e o encarou pasma.

Agora tinha virado uma rua sem saída!

O Xobaime estava mudando.

Estava se mexendo!

Como se estivesse vivo.

Lucy ficou arrasada.

— Nunca vou conseguir andar por aqui. É impossível! — ela disse e se deixou cair até o chão com um bufo.

Assim que essas palavras saíram da sua boca, ela se sentiu muito estranha. Nunca tinha dito que alguma coisa era impossível antes. Lucy odiava essa palavra.

De repente ouviu a voz da sua mãe na sua cabeça dizer:

Nada é impossível. Está tudo na sua cabeça.

O coração de Lucy se apertou. Isso significava que aqui embaixo, nesse mundo ao contrário, impossível era muito real.

Impossível.

Cabeça.

Lucy ficou um pouco tonta… e de repente tudo ficou muito claro, como se sua cabeça fosse uma TV velha e alguém tivesse acabado de consertar as antenas.

— Espera aí. Se a coisa que eu estou tentando fazer: salvar os adultos dos monstros horrorosos… *É impossível*… então aqui no Xobaime, onde tudo é ao contrário… é completamente **POSSÍVEL!** — ela disse. — É o único lugar do mundo onde eu consigo fazer isso!

Lucy se levantou em um pulo. Tinha acabado de ter uma ideia.

— Sei exatamente para onde ir — ela disse o mais alto que conseguiu, sua voz ecoando pelos vários túneis e corredores que apareceram ao redor dela. — Não preciso de um MAPA! A última coisa que eu ia querer é um mapa preciso e detalhado do Xobaime inteiro. Na verdade, se eu tivesse um MAPA, ia só me atrapalhar.

Lucy esperou cheia de esperança. Um silêncio se instaurou por alguns instantes. Ela deu uma olhadela por cada um dos caminhos sinuosos à frente dela que adentravam esse mundo estranho.

Então, de repente, uma coisa chamou sua atenção. Uma coisa presa em uma das paredes de um dos túneis. Ela correu para ver de perto, seu coração batendo forte. Era um mapa enorme esticado na parede, como aqueles no meio de um shopping.

Lucy sorriu. Seu plano tinha dado certo! Ela conseguiu enganar o Xobaime!

— Ah, não, um mapa, não! — ela disse bem alto. — Isso não vai me ajudar em nada…

ISSO NÃO É O XOBAIME

TERRA DOS MONSTROS BARULHENTOS

LOJAS

RIO EMPELOTADO

Lucy deu um passo à frente para ver melhor o mapa. Achou que seus óculos de natação poderiam a estar enganando, então ela os ergueu só para ter certeza e... não. O mapa não se parecia com nenhum outro que Lucy já tinha visto.

Era assim:

Parecia a cidade de Baforadina, só que cortada ao meio, como uma maçã. Embaixo da cidade não havia camadas de pedra ou um núcleo de lava quente como nos outros mapas que Lucy já tinha visto nas aulas de geografia na escola. Em vez disso, havia uma rede complicada de túneis serpenteando pela terra – túneis que davam na grande cidade dos monstros barulhentos.

Lucy ficou boquiaberta. Era inacreditável. Se desse um passo para trás, parecia uma enorme aranha preta que vivia em algum lugar no centro do planeta com suas pernas se esgueirando até a superfície – um monstro do qual ninguém sabia embaixo de todas as casas de Baforadina.

Ela se inclinou para olhar mais de perto...

E de repente a aranha se mexeu.

— **AHHHH!** — Lucy gritou.

O Xobaime estava vivo mesmo! Enquanto a aranha no mapa se esticava e mudava uma das suas perninhas cheias de nódulos, Lucy ouviu um som estridente vindo do túnel à sua frente, viu o túnel se dobrar, se esticar e então ficar ali, só que agora levava a um outro lugar. Era por isso que os túneis apareciam do nada. O mundo todo estava se mexendo. Mudando.

Lucy respirou fundo e se inclinou para mais perto outra vez. Agora conseguia ler alguns locais na cidade monstro barulhento.

Tinha uma piscina pública cheia de ratos vivos e baratas...

Um restaurante que servia restos de couve-de-bruxelas de outros natais. A couve-de-bruxelas mais cara no cardápio era uma encontrada na lixeira do palácio de Buckingham em 1953, que tinha sido cozida de menos e parcialmente mastigada, talvez por alguém da realeza. Talvez não.

Havia lojinhas vendendo sapatos velhos e fedorentos com buracos na...

Lojas que vendiam meias furadas e fedidas para combinarem com os sapatos velhos e fedorentos...

Sorveterias cujo sorvete na verdade eram bolas de cera de ouvido humano...

Lojas que vendiam cobertores de lã de umbigo...

Hortifrúti que só vende hortaliças podres...

Um rio empelotado de leite azedo...

E todo tipo de coisa nojenta que Lucy conseguia imaginar. Na verdade, esse lugar era tão nojento que uma garotinha boazinha como Lucy nem conseguiria imaginá-lo.

Enquanto Lucy analisava o mapa, reparou em um pontinho vermelho com uma seta apontando para ele. Acima estavam as palavras **VOCÊ NÃO ESTÁ AQUI.**

Lucy abriu um sorriso. Ela sabia que na verdade aquilo queria dizer que ela estava bem ali. Estava começando a entender como esse lugar ao contrário funcionava.

— Esse mapa não ajuda em nada. O que seria pior ainda é se eu soubesse onde os adultos estão presos. Com certeza eu não ia querer saber isso! — ela disse bem alto e esperou.

De repente, um enorme buraco se abriu na parede à direita dela, como raízes gigantes de árvore se contorcendo para dar passagem. Uma nova perninha de aranha apareceu no mapa ao lado do pontinho onde ela estava. Ela o traçou com o dedo para ver até onde ia e sua barriga se contraiu quando chegou ao final. Tinha uma foto do que parecia um parque de diversões no mapa com estas palavras escritas logo acima:

TERRA DOS MONSTROS BARULHENTOS
O PARQUE SEM DIVERSÃO

De repente um grito ecoou pela abertura recém-formada, o que fez um calafrio percorrer a espinha de Lucy.
Porque não era o grito de um monstro barulhento...
Era um adulto.

CAPÍTULO DEZOITO
A TAVERNA DO PÂNTANO

R esmungão, Pum, Coceirinho e Funguento andavam pelo Xobaime, levando o casaco catinguento do senhor Fédor.

— Vossa podridão ficar muito satisfeita com Resmungão quando der uma cheirada nisso — disse Resmungão.

— E com Pum também — soltou Pum.

— E com Cocei... — começou a dizer Coceirinho.

— E Funguento — acrescentou Funguento, todo feliz. — Quer dizer, com Coceirinho, foi mal — ele disse em seguida.

Eles se esgueiraram pelos túneis que serpenteavam sinuosos adentrando seu mundo ao contrário.

— Nós parar para comer um lanchinho? — soltou Pum animado, esfregando sua barrigona faminta.

— Não, seu saco podre molenga! Nós entregar isso para Vossa Podridão agora mesmo — vociferou Resmungão.

— Mas, Resmungão, nós ter uma longa noite por causa daquela pequenina espertinha. Nós merecer um pouco de lama — Pum implorou enquanto cutucava Coceirinho.

— Ah, sim, um pouquinho de lama ia ser bom — Coceirinho concordou.

— Tá mal, tá mal! Nós parar rapidex, mas só uma poça — Resmungão disse, firme ao concordar com os anseios da barriga gulosa de Pum.

A TAVERNA DO PÂNTANO

Fizeram uma curva acentuada à esquerda (que na verdade era à direita) e quase deram de cara com a parede do túnel, só que quando seus narizes estavam prestes a colidir, um novo buraco se abriu. Raízes entrelaçadas e lama se abriram revelando um caminho novo.

Enquanto iam pelo buraco, um som alto e estridente preencheu o novo túnel. Vinha de um prédio distante. Eu disse prédio, mas estava mais para uma pilha de tijolos, entulho, vidro quebrado e aço retorcido que algum dia já foi um prédio, mas há muito já tinha sido demolido.

Dependurado lá de cima da ruína, estava uma placa velha e enferrujada que dizia: **TAVERNA DO PÂNTANO**. Os monstros barulhentos tinham se juntado para levar esse prédio abandonado para o Xobaime e agora era para lá que eles iam para rolar uma ou duas vezes em uma poça de lama depois de passar uma noite longa recolhendo lixo.

A Taverna do Pântano estava sempre cheia. Quando entraram pelo lugar sem porta, o glorioso fedor de umidade de bolor preencheu suas narinas ranhentas, e eles ouviram a música sem harmonia de um monstro barulhento tocando um instrumento estranho e monstros barulhentos no canto. Tinha teclas quebradas de um piano, um pedaço amassado da corneta de um trombone, três gaitas torcidas de uma gaita de foles, uma corda quebrada de violão e um pequeno triângulo em cima, tudo isso junto em uma coisa só.

TOQUE A MÚSICA 7:

— Ah, olhar, o Arroto tocar a gaita de pântarulho hoje. Ele é péssimo demais. Não toca uma única nota errada! — soltou Pum, esfregando suas garras animado. Ele adorava a Taverna do Pântano.

Resmungão se arrastou até o bar e um silêncio respeitoso recaiu no ambiente podre enquanto todos os monstros barulhentos fedorentos do lugar se deram conta de quem tinha acabado de colocar as garras ali.

— Vai querer o quê, Resmungão? — gritou Atolado, dono da taverna, rompendo o silêncio.

— Quatro poças — Resmungão respondeu. — E rápido. Nós ter coisas importantes para fazer.

— E algumas coceiras de porco! — Pum acrescentou ao pedido, seguido de um de seus puns que mais pareciam uma trombeta.

— É para depois. No capricho para os monstros barulhentos mais queridos do rei — Atolado resmungou enquanto dava uma coçada na cabeça cheia de caspa.

Eles se esgueiraram pelo monte de monstros barulhentos entretidos em contar histórias monstros barulhentosas.

— Por pouco eu não virar pó ontem à noite — um monstro barulhento mais velho chamado Inflado disse enquanto dava uma boa golada no lodo do seu copo. — Um pequenino gordinho cair da cama bem em cima de mim. Eu amortecer a queda daquela coisa podre, então ele não acordar, sabe? E lá estar eu, preso embaixo daquele pequenino pesado que caiu bem na minha perna... e então o sol começar a nascer!

— O que você fez, Inchado? — perguntou Vômito, um monstro barulhento todo enrugadinho na mesa dele.

— Eu precisar roer minha própria perna! — E ao dizer isso, Inchado colocou sua perna na mesa e todos os monstros barulhentos que ouviram aplaudiram e brindaram com seus copos. Todos adoravam quando um monstro barulhento escapava de virar pó.

— Eu colar ela de volta de algum jeito! — Inchado riu.

— Bando de pateta — Resmungão resmungou quando ele e Pum encontraram uma mesa vazia. Coceirinho e Funguento se juntaram ao Arroto tocando a gaita de pântarulho e ficaram cantando todas as músicas que eles não conheciam.

— Você sempre ficar de cara feia quando vir aqui — Pum disse para Resmungão ao pousar seu traseiro em um banco virado de cabeça para baixo.

— Olhar só para todos eles. Todas essas bolotas inúteis de pele de monstro barulhento. Eles perder tempo aqui e contar bobagem um para o outro.

— Mas é isso que nós fazer, Resmungão — soltou Pum.

— Eu não. Resmungão não fazer — Resmungão sussurrou. — Eu querer mais que isso.

Pum o encarou:

— Mais? Mais o quê?

— Mais do que isso — disse Resmungão. — Ser sempre a mesma coisa. Esgueirar lá em cima no mundo humano onde tudo está do lado certo. Roubar o lixo, toda noite. Eu nunca ver meus filhinhos em casa. — Ele tirou uma pequena foto dos seus monstrinhos horrorosinhos para mostrar para Pum.

— Ah, eles ficar mais nojentos todo ano — Pum disse, educado.

— Obrigado, eu saber. Eles puxar a mãe deles — Resmungão deu um suspiro e olhou com carinho para a foto antes de guardá-la.

— Mas ser assim que nós, monstros barulhentos, ser, Resmungão. É o que a gente fazer. É o que colocar lixo na mesa e estrume sob as nossas cabeças.

— Já passar pela sua cabeça como seria se nós não precisar lixo pegar? Sem roubar o que não é nosso? — Resmungão respondeu baixinho.

— Quatro poças rápidas — interrompeu Atolado antes que Pum pudesse responder, derramando a maior parte da lama quando colocou as taças transbordando na mesa. — Fiz do jeitinho que você gostar, Resmungão. Ovos podres, lascas de queijo, suco de brócolis e hoje eu colocar umas gotinhas de ranho também. Por conta da casa — Atolado acrescentou enquanto limpava o nariz.

— Um brinde — Pum sorriu, enfiando a porção de coceiras de porco de uma só vez na boca, com papel e tudo.

— Um brinde — Resmungão resmungou e estava prestes a dar uma golada na sua poça. Mas antes que a taça quebrada tocasse seus lábios rachados, o lugar todo começou a balançar.

E de balançar começou a **ESTREMECER**.

E de estremecer começou um **TERREMOTO!**

Tijolos quebrados se quebraram mais ainda e caíram no chão.

Vidros de poças de lama quebravam e derramavam por todo lado.

— Tomar cuidado! — ordenou Resmungão enquanto pulava no casaco catinguento do pai de Lucy para o proteger.

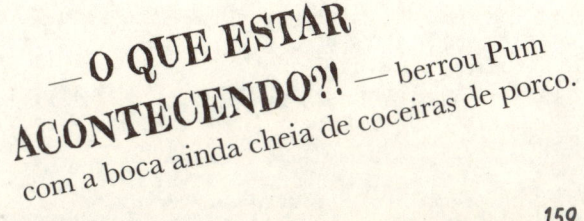

— **RESMUNGÃO!** —
gritou Coceirinho.

— **PUM!** —
chamou Funguento.

— **O QUE ESTAR ACONTECENDO?!** — berrou Pum com a boca ainda cheia de coceiras de porco.

159

De repente, a barulheira parou. O tremor parou. O terremoto tinha terminado, e a Taverna do Pântano estava em silêncio, todos em choque.

— Mas que porcaria ser essa, Resmungão? — murmurou Atolado, o dono do lugar enquanto se erguia detrás do bar.

Resmungão ficou em pé, tirando os escombros do casaco precioso e catinguento.

— *Isso* — respondeu ele, mal-humorado — ser porque ter uma pequenina no Xobaime.

CAPÍTULO DEZENOVE
A TERRA DOS MONSTROS BARULHENTOS

Lucy correu pelo túnel, adentrando mais e mais o Xobaime. A cada passo seu, os gritos ficavam mais altos.

Ela fez uma curva toda torta e o túnel de perninha de aranha deu em uma caverna enorme, bem acima da cabeça dela, onde as pontas das raízes das árvores se espreitavam pela lama e pela terra.

O chão grudento sob seus pés de repente se transformou em uma fileira de ruas de um asfalto de pedra verde polida e o caminho dava em um lugar tão estranho que Lucy precisou tirar os óculos de natação para dar uma boa olhada.

Bem diante dos seus olhos estava um parque de diversões de proporções estrondosas. Era gigantesco! Maior que qualquer outro parque que ela já tinha visto.

Mais adiante havia uma entrada enorme com uma catraca brilhante e uma placa em letras arredondadas e grandes acima que dizia:

BEM-VINDOS À
TERRA DOS MONSTROS BARULHENTOS
O PARQUE SEM DIVERSÃO

Onde sonhos com toda a certeza não se realizam

O pior lugar da face da Terra

Só que Lucy sabia que no Xobaime aquilo queria dizer que na verdade era um lugar divertido. Um lugar onde sonhos se realizavam, sim.

— Mas os sonhos de quem? — Lucy se perguntou baixinho para o Xobaime não escutar.

Seus pensamentos foram interrompidos por mais gritos enquanto os carrinhos de uma montanha-russa gigante passaram rápido por ela e seguiram para um loop bem alto acima dela. A pista encostando no teto cavernoso de raízes lá em cima. Todos os assentos estavam preenchidos com pessoas de pijamas e camisolas, todos jogando as mãos para cima.

E então Lucy se deu conta de duas coisas:

As pessoas na montanha-russa eram todas adultas.

E eram esses adultos que estavam gritando – só que não estavam gritando de dor ou medo. Estavam gritando porque estavam rindo e felizes.

Lucy viu o rosto deles enquanto a montanha-russa passou por ela. Estavam todos alegres, com amplos sorrisos infantis de um canto ao outro enquanto balançavam os braços para cima.

Que doideira é essa?, pensou Lucy enquanto se apressava pelo caminho verde brilhante até a catraca e a empurrava. A catraca virou e bateu bem no seu bumbum, empurrando Lucy para a Terra dos monstros barulhentos.

Então um cheiro doce e delicioso a atingiu. Lucy fechou os olhos e o inspirou fundo. Era cheiro de açúcar e caramelo, biscoitos recém-assados, e chocolate bem quente e borbulhante. Era o cheiro mais gostoso que ela já tinha sentido desde que tinha chegado ali e parecia não combinar com aquele mundo podre.

Enquanto olhava ao redor, mal pôde acreditar no que via. Tantos brinquedos e montanhas-russas que pareciam divertidos de um jeito tão monstro barulhentoso, que ela sentiu que algo a puxava até eles, queria desesperadamente andar neles. Alguns tinham aquelas voltas que davam um friozinho na barriga e eram tão enormes que seu pescoço até doía para olhar para elas.

Havia um carrossel que girava muito rápido e não parava até os adultos não conseguirem mais se segurar. Quando soltavam saíam voando pelo céu até caírem em montes de uma coisa rosa e fofinha.

— Algodão-doce! — Lucy sussurrou para si maravilhada ao assistir aos adultos comendo a coisa deliciosa, fofinha e rosa para saírem dali, em montes tão altos quanto as casas de Baforadina.

Havia máquinas de pipoca no telhado de todos os prédios que nunca paravam de fazer pipoca novinha com manteiga, que estouravam no ar e caíam em uma chuva nas suas cabeças.

Um enorme rio de milk-shake cor-de-rosa fluía ao redor de um castelo prateado bem no meio de tudo. Lucy esfregou os olhos e viu que realmente o castelo era feito de milhares de lixeiras prateadas e brilhantes, empilhadas uma em cima da outra até o alto.

— Uau! — Lucy disse em voz alta. Esse lugar era estranhamente maravilhoso. Ela não tinha como não querer dar um mergulho naquele rio de milk-shake e sair nadando com a boca bem aberta.

Duas mulheres passaram por ela, de mãos dadas e saltitando, comendo pirulitos enormes e rindo feito crianças pequenas enquanto brincavam com as pipocas que caíam, tentando pegá-las com a língua.

— Com licença! — Lucy as chamou, mas elas se viraram, sopraram um monte de framboesa nela e saíram correndo, gargalhando. Enquanto Lucy as observava se afastarem, vários homens saíram de uma loja de brinquedos, chutando uma bola de futebol novinha em folha.

— De cabeça! — um deles gritou e chutou a bola tão forte que acabou quebrando o vidro da loja, fazendo uma chuva de vidro cair na rua. Os homens caíram na risada.

— Boa, Simon! — outro homem disse. — Vamos beber refrigerante de baunilha e vamos nos brinquedos até vomitarmos de novo!

Lucy, que em geral não achava vomitar muito engraçado, percebeu que uma vontade de rir começou a emergir da sua garganta.

— Ah! — ela disse, surpresa.

Então um monte de trombetas vindo da outra ponta da rua principal da Terra dos monstros barulhentos ressoou.

— Aaaah, é o desfile! — gritou um idoso perto de Lucy, seus olhos brilhando quando ele deu meia-volta e enquanto uma fileira de boias gigantes começou a flutuar pelas ruas.

Uma multidão de adultos de Baforadina de repente apareceu na rua principal, saindo das lojas e atrações – o fliperama, o spa de sorvete, a biblioteca de gibis, a banheira de caramelo e o zoológico onde dava para fazer carinho nos

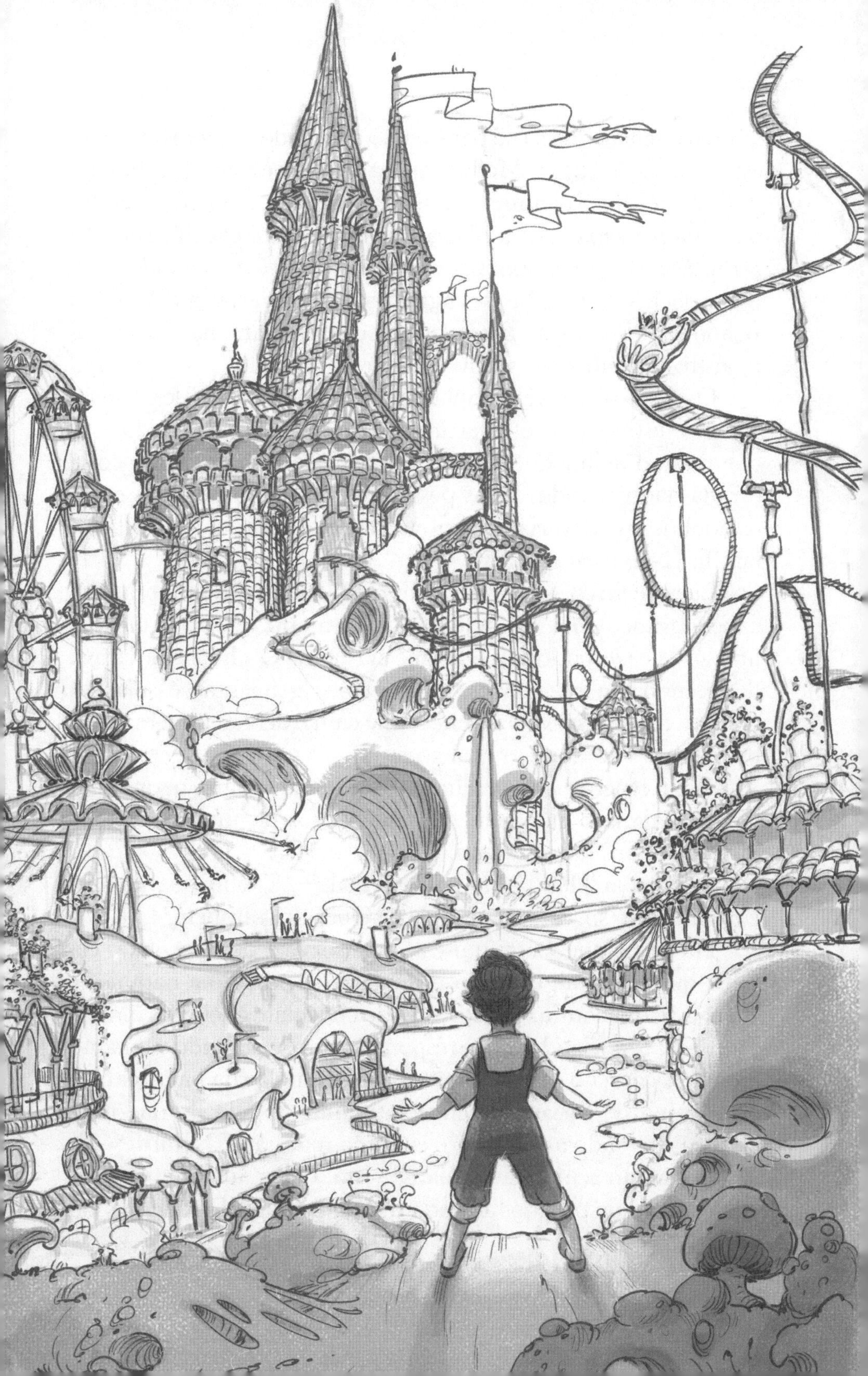

animais – enchendo a rua para ver. O enrugado senhor Ratazzoni estava lá só de cueca. Molly, a moça do leite estava distribuindo milk-shakes do Xobaime e até Mário estava correndo de costas pela rua principal. Até senhora Caramela Rabiscadelli, dona da *Doces, Delícias e outras coisas da senhora Rabiscadelli*, o velho Cortez, dono do açougue, Marta Página, a bibliotecária; até William Boanoiter, do *Acorda, Baforadina*. Todos estavam na Terra dos monstros barulhentos, se divertindo e de pijama!

Os adultos gritavam e aplaudiam enquanto o desfile passava, como se estivessem se divertindo horrores. E *era* divertido – só que mesmo assim Lucy ainda achava que tinha alguma coisa errada naquilo tudo. Essas pessoas agindo feito crianças eram os adultos que deveriam estar em Baforadina com seus filhos e família. Não aqui embaixo.

Lucy se virou, sua cabeça em turbilhão. Uma senhora com cabelo branco encaracolado passou saltitante ao seu lado, com um sorvete de chocolate enorme na mão. O chocolate estava derretendo em suas mãos, deixando-as grudentas e sujas. A senhora jogou o sorvete no chão, que caiu e deixou uma mancha bem aos pés de Lucy.

— Ei, espera aí, não vai limpar isso, não? — Lucy perguntou.

A expressão no rosto da senhora foi de uma animação hipnótica para loucura total.

— Limpar?! Pa-há-há! — ela gritou. — Essa foi boa! Eu vou é pegar outro sorvete de chocolate. Quer um também?

Por mais que Lucy quisesse um sorvete de chocolate, ela sabia que tinha algum tipo de magia do Xobaime naquilo, e ela não podia confiar em sorvetes de chocolate cheios de magia.

— Não, obrigada — ela respondeu e ficou olhando enquanto a mulher corria o máximo que conseguia pela rua principal até a máquina de sorvete de chocolate, mais rápida do que uma criança correndo até a árvore em uma manhã de Natal.

Enquanto a mulher sumia de vista, outro adulto apareceu. Lucy arregalou os olhos ao ver a figura de longe. Então, quando enfim se deu conta do que estava vendo, ela tampou os olhos com as mãos e abriu um pouquinho os dedos para enxergar. Era uma visão horrenda, uma que ela temia nunca conseguir desver. Era o pai de Ella, o prefeito de Baforadina... só que ele estava sem roupa. Nadinha de nada.

Lucy resmungou enquanto o prefeito Échato, que era sempre muito sério, corria pela rua principal... peladão. Ele cobria suas partes íntimas com um chapéu ridículo de prefeito da Terra dos monstros barulhentos, gritando a plenos pulmões:

— Sou o prefeito da Terra dos monstros barulhentos e declaro que este é o **MELHOR LUGAR DO MUNDO!**

Lucy fechou os olhos bem apertados quando seu bumbum nu passou por ela e então sumiu pela rua principal.

— Concordo plenamente! — disse William Boanoiter enquanto sua equipe de filmagem capturava o momento pelado do prefeito. — Ficamos por aqui e até amanhã com mais um *Acorda, Baforadina*. — Ele deu uma piscadela presunçosa para a câmera ao final da transmissão e a equipe de filmagem comemorou em uma série de "toca aqui" entre si.

— De jeito *nenhum* que vou contar isso para Ella — Lucy resmungou para si.

Ela ficou observando o caos ao seu redor. *Que doideira é essa?*, pensou ela. *Por que os adultos estão agindo de um jeito tão... tão...*

E foi então que ela se deu conta de por que os adultos estavam agindo como se não fossem adultos. Era tão absurdamente óbvio que Lucy lambeu a mão para colocar o cabelo de lado e deu um tapinha na testa por não ter entendido antes.

Mas é claro!, ela pensou. *É tudo coisa distorcida do Xobaime de novo!*

Tudo nesse lugar era diferente. Tudo ao contrário. E os adultos não eram exceção.

Acontece que os adultos *não eram* adultos lá embaixo. Eram atentados, bobos e divertidos... como se fossem *crianças*.

E o mais importante de tudo: todos só faziam sujeira!

Lucy olhou em volta para todo o lixo no chão.

Havia papel de bala, embalagem gordurosa de batatinha, pauzinho de pirulito, garrafas e latas. Havia ursinhos de gelatina e pingos de chocolate para todo lado. Cacos de vidro e pilhas de pipoca jogada fora. Era lixo para **TUDO QUE É LADO!**

E era isso que os monstros barulhentos queriam, Lucy se deu conta.

Os adultos tinham sido levados para o Xobaime e se esqueceram da vida que tinham. Esse lugar tinha apagado todas as suas responsabilidades. Fez com que se esquecessem de todo estresse e preocupações do mundo real, eles só se lembravam de como era ser criança: só sabiam se divertir. Uma vida sem consequências.

Foi só então que Lucy se deu conta do verdadeiro significado da palavra que ela detestava. *Impossível*. Como ela ia arrumar essa bagunça?

— Impossível é uma coisa que só existe na sua cabeça. Impossível é uma coisa que só existe na sua cabeça — Lucy repetiu para si mesma.

Naquele instante, ela ouviu uma risada que reconheceu e se virou. Ela olhou para a rua verde brilhante e viu uma mulher zonza tropeçar ao sair do brinquedo de xícaras giratórias, cair no chão e começar a rolar enquanto gargalhava.

— Vamos de novo! — ela disse, rindo.

Lucy arregalou os olhos.

Era a sua mãe.

CAPÍTULO VINTE
NORMELLATRON

— É o fim da picada! Estamos fritos! — Ella choramingou, virando o travesseiro de Lucy, toda dramática.

Norman andava pelo quarto atrás dela, seus pés fazendo barulhinhos agudos nas tábuas que rangiam ritmadas.

— Não é bem assim — ele disse.

— Ah, me poupe, Norman. Não tem o que fazer. Minha mãe e meu pai sumiram. Lucy sumiu. Tem monstros embaixo das nossas camas e... é, só tem marshmallow branco agora. — Ella inspecionou o pacote. — Esse é com certeza o pior dia da minha vida. Desisto.

— Lucy não desistiria da gente — Norman insistiu. — Ela não desistiu dos adultos.

Ella suspirou.

— Então tá, senhor escoteiro espertalhão. O que vamos fazer, então?

Norman fechou os olhos e pensou bem:

— O que Lucy faria?

Os dois ficaram ali, sentados no quarto, se perguntando o que Lucy faria se tivesse acordado e descoberto que ela tinha sumido. O que Lucy Fédor faria se...

— Espera aí — Ella disse, interrompendo o narrador. — Já sabemos o que Lucy faria.

— Sabemos?

— Uhum! Ela já fez isso... quando os adultos sumiram!

Norman coçou sua cabeça bem penteada, tentando se lembrar.

— Não! Lembra o que ela disse? Como é que minha mãe descobriria o que estava acontecendo? — Ella disse imitando a voz de Lucy o melhor que pôde.

— Os olhos de Norman brilharam.

— O noticiário!

— Isso! Quer saber? Já que nós resolvemos essa charada juntos, somos uma equipe agora, Norm. Estamos juntos nessa — Ella disse.

— Isso! Igual dois Transformers que se juntam para criar um outro maior e melhor! — Norman concordou, animado, juntando os dedos para mostrar. — Norman e Ella. Juntos somos o... NormEllaTron! — ele exclamou.

Dessa vez foi Ella que coçou a cabeça.

Menos, bem menos.

— Exagerei? — Norman perguntou, um pouco apreensivo.

— Exagerou, Norm. Vamos lá ligar a TV — ela disse.

— Tá bem.

Os dois correram para o andar de baixo, Norman ligou a TV... e juntos começaram a procurar notícias de Lucy.

CAPÍTULO VINTE E UM

LUCY NA TERRA DOS MONSTROS BARULHENTOS

— Mãe! — Lucy chamou do outro lado da rua principal da Terra dos monstros barulhentos. Só que seu chamado foi completamente ignorado, não só pela a mãe, como por todos os outros adultos que aprontavam ao seu redor.

Ela correu direto para sua mãe e a ajudou a se levantar. Lucy a encarou. Os cachos castanhos sempre bem-arrumados de sua mãe agora estavam bagunçados e arrepiados, seu pijama todo amassado e com uma mancha do que parecia ser sorvete de morango.

— Isso foi TÃO divertido. Precisa tentar! Venha! — a senhora Fédor gritou, agarrando o braço de Lucy na tentativa de ir para o brinquedo das xícaras giratórias até vomitar de novo.

— É... acho que por hoje já deu — Lucy disse.

— Tá bom, mamãe! — disse a mãe de Lucy em um tom irônico, caçoando de Lucy por ser tão mandona.

— Não me chame assim.

— Não me chame assim! — a senhora Fédor repetiu.

— Para!

— Para!

— Não tem graça!

— Não tem graça!

— Não sou eu que estou sendo chata, você que está!

— Não sou eu que estou sendo chata, você que está!

Lucy cruzou os braços e suspirou. A mãe dela estava agindo feito uma criança mimada.

— Tá bom, seu bolinho de ranho gigante! — Lucy disse.

A senhora Fédor soltou uma risada descontrolada, apontando e rindo.

— Você é que é um bolinho de ranho gigante, bolinho de ranho gigante! — ela cantarolou, alegre.

Lucy olhou com preocupação para essa adulta à sua frente, essa moça que parecia a sua mãe.

— O que esse lugar fez com você? — ela sussurrou.

— Ah, relaxa, sua mal-humorada! Só estava brincando — a senhora Fédor disse, cutucando as costelas de Lucy.

Só que Lucy não achou graça nenhuma. Muito pelo contrário. Dá para imaginar seu pai ou sua mãe apontando para você e dizendo que "você é que é um bolinho de ranho gigante"? Talvez você até sinta vontade de chorar.

E foi isso que Lucy fez.

Lágrimas espessas caíram pelo rosto desse bolinho de ranho pelos seus enormes olhos de bolinho de ranho e caíram em gotas imensas que fluíam pela sua bochecha. Ela chorou tanto que mal conseguia enxergar. Aquilo tinha sido a gota d'água. Era demais. Tudo estava descontrolado. Estressante demais. Todas essas possibilidades tinham recaído nos ombros de Lucy tão de repente que ela nem sabia por onde começar. Ela precisava salvar os adultos, cuidar das crianças de Baforadina, esconder coisas perigosas delas, tentar deixar tudo em ordem. Será que isso era o mesmo que ser um adulto?

Talvez o Xobaime também esteja me mudando, Lucy pensou de repente. Se esse lugar faz os adultos virarem crianças, então será que esse lugar está me deixando mais adulta?

Ela balançou a cabeça, irritada.

— Se ser adulto for isso, então muito obrigada, mas eu não quero, não! — ela gritou. — Ser adulto é muito ruim!

E foi então que ela sentiu uma mão no seu rosto: uma mão gentil, calorosa, limpando as suas lágrimas de bolinho de ranho. Quando ela parou de chorar, o coração de Lucy se derreteu um pouquinho com a cena que viu. Sua mãe a estava encarando com um olhar surpreso no rosto.

— Mãe? — Lucy disse.

— Lulu! — disse a senhora Fédor, parecendo agora a mulher que Lucy conhecia.

— O que aconteceu?! — Lucy perguntou, tentando entender por que a mãe dela tinha acordado de repente daquela estranha magia do Xobaime.

— Eu... eu não consigo explicar! — a senhora Fédor disse, coçando a cabeça. — Uma hora eu estava toda animada para andar nas montanhas-russas e então eu ouvi alguma coisa... uma coisa que fez tudo nesse lugar parecer não ter importância.

— O quê?

— Você! — a senhora Fédor disse.

— Mas eu te chamei e falei com você, mãe!

— Ah, é? Não me lembro disso! Só me lembro de ouvir você chorar. É um som que sempre me deixou tão triste, desde quando você era bem pequenininha — a senhora Fédor disse, puxando Lucy para um abraço apertado. — Lucy…

— O que foi, mãe?

— Onde estamos?

A senhora Fédor deu uma olhada ao redor para o caos que as cercava. Adultos correndo sem motivo, gritando o mais alto que conseguiam, todos agindo de um jeito que os adultos que eram jamais fariam.

— Na verdade, mãe, estamos embaixo da terra! — Lucy disse e tentou explicar rápido tudo o que sabia do Xobaime e dos monstros barulhentos que moravam ali. — É por isso que estou aqui — ela terminou. — Vim levar todo mundo para casa. Se você acha que esse lugar é horrível, espera só até ver o que as crianças fizeram em Baforadina!

— Ai, não! O que aconteceu? — a senhora Fédor perguntou.

Lucy respirou fundo.

— Bom, tem três tubarões na piscina de Baforadina, graças ao Joaquim Pescador; faz dois dias que Billy Rango está preso na máquina de salgadinho; Ella e Norman apagaram por causa do pó de dorminhoco e, resumindo, Baforadina está um perigo para qualquer um que ponha o pé lá — Lucy explicou.

— E o meu filho? — disse uma voz preocupada atrás dela.

— James Biscaro?

Lucy se virou e deu de cara com um homem em um pijama de bolinha com um semblante preocupado, que parecia ter restos de algodão-doce na barba. Ela mal conseguia acreditar. Outro adulto tinha se livrado da mágica dos monstros barulhentos?

— E a minha filha Suzanne? Acho que ela estuda com você... — disse uma mulher de pijama listrado, dando um passo na direção de Lucy.

Lucy olhou ao redor e percebeu que vários adultos a escutavam. Enquanto ela descrevia o caos que Baforadina estava, mais e mais rostos começaram a se virar na direção dela, seus olhos cintilando com interesse e reconhecimento enquanto se livravam da estranha magia do Xobaime.

— Pegue minhas roupas agora mesmo — ordenou o prefeito Échato. — Precisamos voltar lá para cima!

— Vai você pegar suas roupas — a senhora Échata respondeu, esposa do prefeito, se distanciando da multidão.

— Ah, sim, é claro, querida — o prefeito gaguejou.

Lucy sorriu. Os poderes do Xobaime estavam se esvaindo. Os adultos voltaram a ser adultos! Não só isso, a Terra dos monstros barulhentos estava se esvanecendo também. Bem diante dos olhos dela, todas as montanhas-russas e os cheiros deliciosos se transformaram naquilo que realmente eram, como se uma relva estranha estivesse sumindo. De repente, ela estava cercada por pilhas horrendas de lixo e porcarias, seu cheiro podre e fedido flutuando pelo ar.

Logo em seguida, o chão começou a balançar. Lucy já tinha sentido isso antes quando viu uma das perninhas tortas da aranha se mexer no mapa.

— O Xobaime está se mexendo! — Lucy gritou. E ela tinha razão! Um túnel enorme se abriu entre as paredes retorcidas bem ao lado de onde Lucy e os adultos de Baforadina estavam reunidos, e ela viu uma fila de olhinhos brilhantes a espiando da escuridão.

— O que está acontecendo? — a senhora Fédor gritou.

— São eles! — Lucy disse, apontando para os olhinhos.

— Quem?

— Os monstros que pegaram vocês e trouxeram para cá — Lucy disse. — São os monstros barulhentos!

E aí? Como você está? Desculpa, faz um tempinho que não falo com você... é que eu estava ocupado escrevendo a história e achei que você também estava, só que lendo. As coisas estão começando a ficar bem doidas, não é? Toda essa coisa de mundo ao contrário, de cabeça para baixo! Na verdade, se você virar esse livro de ponta-cabeça e ler de trás para a frente, conta uma história bem legal sobre gatinhos fofinhos.

... brincadeira. Só queria ver se você ia mesmo virar o livro de ponta-cabeça.

CAPÍTULO VINTE E DOIS
PRESOS!

Resmungão, Pum, Coceirinho e Funguento saíram do buraco, seguidos por mais dez... não, vinte... espera, cinquenta... tá bem, centenas! Centenas de monstros barulhentos gosmentos saíram na rua principal da Terra dos monstros barulhentos, sorrindo para os adultos enquanto os rodeavam com um olhar intimidador.

— Então acabar a brincadeira, né? — Resmungão rosnou.

— Os humanos conseguir ver o Xobaime como ele realmente ser — soltou Pum, empinando seu rabo pontudo e gorducho.

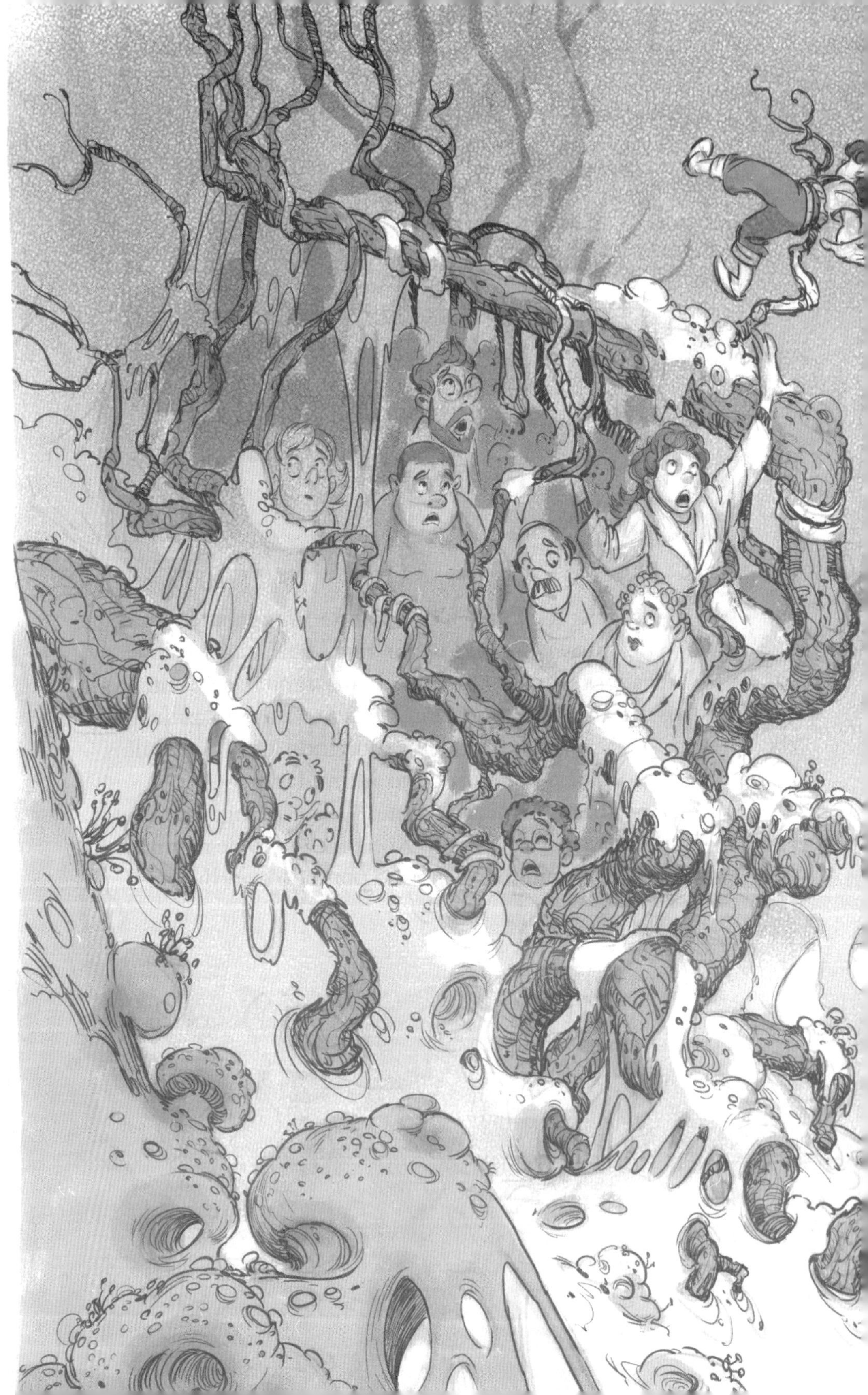

Os adultos deram um passo para trás, morrendo de medo desses monstros horríveis, já que estavam vendo os monstros barulhentos pela primeira vez.

— Nos deixe ir! — ordenou o prefeito Échato.

Os monstros barulhentos começaram a fazer aquele estranho som de que Lucy sabia ser a risada deles. Naquele mesmo instante, raízes podres enormes saíram do chão lamacento ao redor de Lucy e dos adultos como uma flecha para cima, onde, se entrelaçaram formando uma enorme gaiola ao redor dos adultos, com Lucy se escondendo em algum lugar em meio à multidão.

Estamos presos, ela pensou.

— Agora, cadê a pequenina? — Resmungão rosnou e o coração de Lucy se apertou ao se dar conta de que não estava mais usando o velho casaco do pai.

Ele deve ter dado para o rei dos monstros, ela pensou.

— Fique escondida, Lulu — a senhora Fédor sussurrou para Lucy, puxando-a para mais perto. Mal as palavras tinham sido pronunciadas, Lucy sentiu as raízes lamacentas abaixo dos pés começarem a subir. Elas a ergueram do chão, acima da cabeça dos adultos, para mostrar onde ela estava se escondendo.

— Lucy, não! — Alguns dos adultos sussurravam enquanto tentavam segurar Lucy e impedir que descobrissem onde ela estava escondida.

— Espere! — Lucy disse, a cabeça fervilhando feito um motorzinho à combustão. — Eu sei o que fazer. Esse é o poder do Xobaime... é tudo *ao contrário* aqui! — Ela respirou fundo e gritou o mais alto que conseguiu:

— Estou bem aqui, olhem! Fácil de ver, claro como o sol da manhã!

— Lucy, o que está fazendo? — a senhora Fédor arfou, horrorizada.

— Está tudo bem, mãe! Olhe! — Lucy disse, apontando para os monstros barulhentos. Todos olhavam irritados na direção de Lucy... mas graças a Lucy ter usado a mágica do Xobaime, não conseguiam vê-la.

— Acho que quero ficar bem aqui — Lucy anunciou alto e, assim como esperado, as raízes a soltaram e ela voltou para o meio da multidão.

— Tem que dizer o contrário daquilo que realmente quer! — explicou Lucy para os adultos confusos. — Ir para trás para ir para a frente, ir para baixo para ir para cima. Se você se esconder, então vai ser visto. Tentem ser vistos e ficarão escondidos! Ei, aqui, venham me pegar!

Os monstros barulhentos soltaram um grunhido frustrado quando se deram conta de que Lucy tinha passado a perna neles.

— Pequenina espertinha — rosnou Resmungão.

— Nós voltar para você, pequena humana! — soltou Pum com desdém.

— Nós voltar com... — começou Coceirinho.

— ... o rei! — Funguento disse com a voz grave.

— O rei saber o que fazer com pequeninos espertinhos — bufou Resmungão.

O coração de Lucy pulava feito um sapo enquanto os monstros barulhentos desapareciam, voltando pelo túnel para chamarem seu líder. Ela não queria estar ali quando eles voltassem.

Assim que o último monstro barulhento sumiu de vista Xobaime adentro, todos os adultos se viraram para olhar para Lucy. Uma dúzia de rostos preocupados a encararam.

— O que os monstros barulhentos querem de nós, Lucy? — perguntou o prefeito, que conseguiu achar seus pijamas e o estava vestindo, apressado.

— Bagunça! — Lucy disse.

Os adultos fizeram uma careta, confusos.

— Lixo! — William Boanoiter gritou.

— Sim, isso mesmo! — Lucy disse. — Lixo! Eles amam nosso lixo, nossos restos, nossa bagunça, lama, bolor e essas coisas. Querem todo o nosso lixo e não querem que os adultos desperdicem tudo!

— Desperdicem? — disse o prefeito, franzindo a testa. — Mas nós só jogamos tudo fora. É lixo!

— Exato! E para onde é que tudo vai? Para os oceanos? Acaba enterrado na terra? Queimado para virar fumaça no céu? — Lucy disse. — Esses monstros barulhentos não conseguem ter acesso ao nosso lixo se fizermos isso, e, sem isso, não conseguem sobreviver. É por isso que pegaram vocês e deixaram os pequeninos... quer dizer, nós, crianças! Somos bagunceiros e nunca limpamos nada. Deixamos tudo espalhado onde eles conseguem pegar.

— E o que estavam fazendo com a gente aqui embaixo? Que lugar é esse? — a senhora Rabiscadelli, a dona da loja de doces, perguntou.

— Bom, vocês estavam hipnotizados com o poder desse lugar. Que faz tudo ficar ao contrário, tudo que antes *era*, deixa de ser, *não* é mais. A vida estressante de adultos que estão sempre arrumando e organizando tudo ficou divertida e vocês voltaram a ser crianças. Estavam fazendo bagunça para os monstros barulhentos — Lucy disse.

— Como vacas em uma fazenda — o velho Cortez disse e balançou a cabeça.

— Mais ou menos isso. Uma fazenda da bagunça! — Lucy disse.

— Não estamos esquecendo a questão mais importante? Como vamos sair daqui? — William Boanoiter perguntou.

— **SHHHHHHH!** — Lucy disse. — Se quiser alguma coisa aqui embaixo, precisa saber pedir do jeito certo!

— Quer dizer do jeito errado! — o velho Cortez disse.

— Isso! — respondeu Lucy, satisfeita. — De um jeito que esse lugar entenda.

Lucy andou de um lado para o outro, tentando pensar em um plano para saírem de lá, tentando pensar como um adulto... mas não veio nada. Ela parou e revirou os olhos para si mesma:

Vamos lá, Lucy, ela pensou. *Tentar fazer alguma coisa no Xobaime é o jeito certeiro de não conseguir fazer nada!*

Ela resolveu mudar seu jeito de pensar. Parou de tentar ser a heroína que salva todos os adultos e os leva sãos e salvos para casa e de volta para as outras crianças. Lucy fechou os olhos e esfriou a cabeça. Então ela começou a imaginar que era só uma menina de onze anos que não fazia ideia de como sair da armadilha na qual tinha acabado e não estava nem um pouco preocupada em pensar em uma maneira de salvar todos os adultos de passarem a vida toda na fazenda da bagunça.

De repente, uma ótima ideia flutuou pelo ar e entrou na cabeça de Lucy. Ela sentiu como se uma luzinha em cima da sua cabeça tivesse acabado de acender com um PLING!, como aquelas luzes que piscam durante a gravação em um estúdio de televisão quando estão ao vivo.

É ISSO!, pensou Lucy. *Quer dizer... com certeza NÃO é isso.*

— Senhor Boanoiter — ela disse para Wiliam.

— O que foi?

— Sua filmadora para televisão. Ela consegue transmitir lá em cima para o nosso mundo? — Lucy disse, esperançosa.

— Com toda a certeza, não! Só Deus sabe o quão fundo embaixo da terra nós estamos. Tentar fazer uma transmissão ao vivo daqui é impossível! — William disse.

Um sorriso enorme apareceu no rosto de Lucy.

— Ótimo... quero dizer... *ah, não! Isso com toda a certeza não é o que eu queria ouvir!* — ela disse, com uma piscadinha.

De repente, a luz vermelha que indicava que estava gravando em cima da filmadora do *Acorda, Baforadina* ligou.

Estavam ao vivo!

William Boanoiter encarou a câmera de filmagem e coçou a cabeça:

— Não estou entendendo! Mas como é que...

— Deixa isso para lá! — Lucy o interrompeu. — Finja que está apresentando normalmente.

— Isso, vai lá! Escute, Lucy! — pediu o prefeito, empurrando William para perto da filmadora.

William Boanoiter obedeceu e passou para o seu modo apresentador, endireitando as costas e falando com voz grave.

— Bom dia, Baforadina. Aqui é...

— Lucy Fédor! — Lucy interrompeu se colocando em frente à câmera e acenando. — Lembram de mim? Sou a menina que queria ver o jornal e ir para a escola... e que ajudou vocês a tirarem suas cabeças presas dentro de potes, usou o aspirador de pó para tirar a massinha presa dentro dos seus narizes e impediu vocês de baterem os carros. Bom, preciso da ajuda *de vocês*!

Ela respirou fundo e cruzou os dedos para dar sorte:

— Espero muito, muito mesmo, que tenha alguém assistindo a isso — ela disse. — Notícias de última hora! Encontrei os adultos...

CAPÍTULO VINTE E TRÊS
AS ORDENS DE LUCY

— Dá para parar de falar só um pouquinho, por favor? — Norman resmungou para Ella, que estava pulando para cima e para baixo, animada ao ver Lucy na televisão.

— Lucy está ali, Norm! Ela está no noticiário! Falei para você, falei! — ela cantarolava enquanto dançava em círculos.

— Sim, mas precisamos ouvir o que ela está dizendo! — Ele pegou o controle remoto e aumentou o volume.

— ... encontrei os adultos — anunciou Lucy — e preciso da ajuda de vocês para trazê-los de volta.

Ella e Norman ficaram boquiabertos.

— Rápido, cadê o megafone? — disse Norman enquanto procurava pelo cômodo, e então foi para a cozinha para procurar lá.

Vitorioso, tirou da geladeira o megafone que Lucy tinha tomado dos meninos.

Ele correu para a rua, colocou o megafone quase congelando de tão gelado na boca e apertou o botão.

— **CRIANÇAS DE BAFORADINA!** — Sua voz ecoou pelas casas enquanto as cabecinhas das crianças se esgueiravam pelas janelas e cercas. — **LUCY ESTÁ NA TELEVISÃO! ELA ENCONTROU NOSSOS PAIS!**

Houve um instante de silêncio seguido de uma baita algazarra causada pelo monte de crianças que corriam para a casa de Lucy.

Entraram igual a um furacão pela porta da frente e se amontoaram ao redor da televisão para ouvirem juntas o anúncio de Lucy.

— Mamãe e papai! — Ella gritou enquanto Norman voltava correndo para a sala de Lucy, se espremendo entre a multidão de crianças que agora enchiam o cômodo.

— Ali, oh, bem atrás da Lucy! — Ella disse enquanto apontava para a televisão.

Norman os reconheceu de imediato. Usavam pijamas iguais com suas iniciais bordadas nos bolsos, e o pai de Ella tinha um enorme chapéu escrito "prefeito" na cabeça.

— Ali está meu pai — disse Norman, surpreso ao ver seu pai. Não foi difícil distingui-lo já que estava com um uniforme completo de líder de escoteiro e parecia uma versão maior e careca de Norman.

Um por um, todas as crianças apontaram seu pai e mãe, avós e avôs. Ficaram animados até de ver seus professores!

— Não tenho muito tempo para explicar tudo. Vão ter que confiar em mim, de criança para criança. Preciso que façam uma coisa. Uma coisa que criança nenhuma quer fazer — Lucy disse no microfone. Sua voz ressoou pela televisão como um raio de esperança, feito uma verdadeira líder, prestes a pedir que seus seguidores façam o impossível.

— Tá bem, vou admitir que nos divertimos sem os adultos por perto. Ficamos acordados até tarde, comemos todas as guloseimas que queríamos, e até assistimos a filmes de terror. Mas está na hora de encararmos a realidade. Olhem só o estado em que a cidade está. Olhem só como vocês estão. — Lucy fez uma pausa, mas as crianças de Baforadina não precisavam olhar, elas sabiam bem o que Lucy estava tentando dizer. Sabiam que ela estava certa. — Está tudo uma bagunça. Estamos todos desgrenhados. Está na hora de trazermos os adultos de volta.

Aplausos ressoaram do interior da sala lotada quando as crianças se deram conta do quanto sentiam falta dos adultos e do quanto precisavam deles.

— Vou explicar o que vamos fazer — Lucy disse. — Preciso que façam uma coisa. Não vão gostar, mas é preciso. Chegou a hora de cumprirmos nosso dever e colocarmos as necessidades desses pobres coitados e inúteis adultos em primeiro lugar.

Lucy respirou fundo, na esperança de que todos estivessem assistindo. Ela não fazia ideia de que todas as crianças de Baforadina estavam atentas a cada palavra dela.

— Uma hora ou outra é preciso... **ARRUMARMOS AS NOSSAS CAMAS!**

O som das crianças ofegando de horror ecoou pela Rua da Tralha. Elas soltaram gritos indignados em desespero.

— Ela ficou doida — Ella disse enquanto enrolava uma mecha de cabelo ao redor do dedo.

— Shhhh! — Norman soltou. — Vamos ouvir!

— Sei que não vai ser fácil. Mas não façam por vocês. Façam pelos nossos pais e mães — Lucy saiu da frente da câmera para que o foco ficasse nos adultos amedrontados, cansados, desgrenhados, que tremiam pela abstenção de açúcar. Sem voltar para a frente da câmera, ela continuou falando. — É hora de arrancar aqueles lençóis, virar os colchões, abrir suas cortinas e deixar o sol entrar onde não costuma alcançar: **EMBAIXO DAS SUAS CAMAS**! Crianças, para os seus quartos! — Lucy ordenou, e com isso as crianças de Baforadina começaram a marchar de volta para as suas casas até os seus quartos com um propósito em mente.

— Certo, vocês ouviram ela! — Norman disse enquanto ele e Ella corriam escada acima de volta para o quarto de Lucy.

— NormEllaTron em ação! — ele gritou.

— O quê?

— Ah, esquece. Rápido, tira os travesseiros — ele disse enquanto puxava o edredom e tirava os lençóis. — E abra as janelas — ele acrescentou.

— As janelas? Por quê?

— Lucy disse para deixar o sol brilhar onde não costuma chegar: embaixo da cama, e é isso que vamos fazer.

Norman ergueu o colchão e o apoiou na parede enquanto Ella abria as cortinas e deixava o sol da manhã inundar o cômodo com o seu calor.

Os dois ficaram lado a lado, encarando o chão embaixo da cama pelas fendas do estrado. Essa parte do piso que costumava ficar sempre escondida na escuridão, agora, estava exposta à luz do sol.

Ella e Norman logo viram o que aquelas tábuas escondiam. O piso firme embaixo da cama borbulhava e chiava feito o caldeirão de uma bruxa quando a luz do sol chegou ali.

— Norman, olhe! — Ella disse ao ver alguma coisa pela janela.

Do quarto de Lucy, eles conseguiam ver as cortinas sendo abertas no quarto de todas as casas de Baforadina. E enquanto a luz do sol se infiltrava pelas janelas, um som estranho de esfarelamento começou a vir do chão. Eles deram um pulo para se afastar da cama desarrumada e viram a coisa mais estranha que já tinham visto na vida. As tábuas do chão começaram a se remexer e em seguida começaram a rodopiar. O que antes era madeira firme agora era um rodamoinho que dava em outro mundo.

— Acha que isso está acontecendo em todos os outros quartos de Baforadina? — perguntou Ella.
— Não sei, o que eu sei é que vamos precisar de mais gente para ajudar — Norman disse.
— Ajudar com o quê?
— Isso virou uma missão de resgate agora, e somos os únicos que sabem dos monstros barulhentos. Então nós dois vamos liderar.
— NormEllaTron? — Ella perguntou.

— Isso — Norman assentiu.

Ella deu uma olhada para o buraco que rodopiava no meio do chão enquanto a luz forte do sol da manhã preenchia o cômodo.

— Norm, o que é aquilo? — ela perguntou enquanto colocava seus óculos de sol cor-de-rosa em formato de coração.

Norman respirou fundo e alisou seu lenço.

— Aquilo, minha cara Ella, é a entrada para o Xobaime.

CAPÍTULO VINTE E QUATRO
LUZ DO SOL

A luz vermelha se apagou. A transmissão de Lucy chegou ao fim.

— Muito bem, Lulu — a mãe de Lucy disse, puxando-a para um abraço.

— Mandou bem, garota — disse William Boanoiter —, mas nunca mais me interrompa.

— E agora? — resmungou o prefeito Échato.

Ele se parece muito com a filha dele, Lucy pensou.

— Agora esperamos... — ela disse.

— Pelo quê?

Lucy sorriu:

— Por aquilo!

Ela apontou para um enorme túnel pelo qual ela tinha se espremido mais cedo; o que vinha debaixo de Baforadina até a Terra dos monstros barulhentos. Lá longe, terra e lama caíam... mas não caíam para baixo, como era de se esperar. Caíam para **CIMA**! Se amontoavam no chão e subiam para o teto enquanto o

BOOM! BOOM! BOOM!

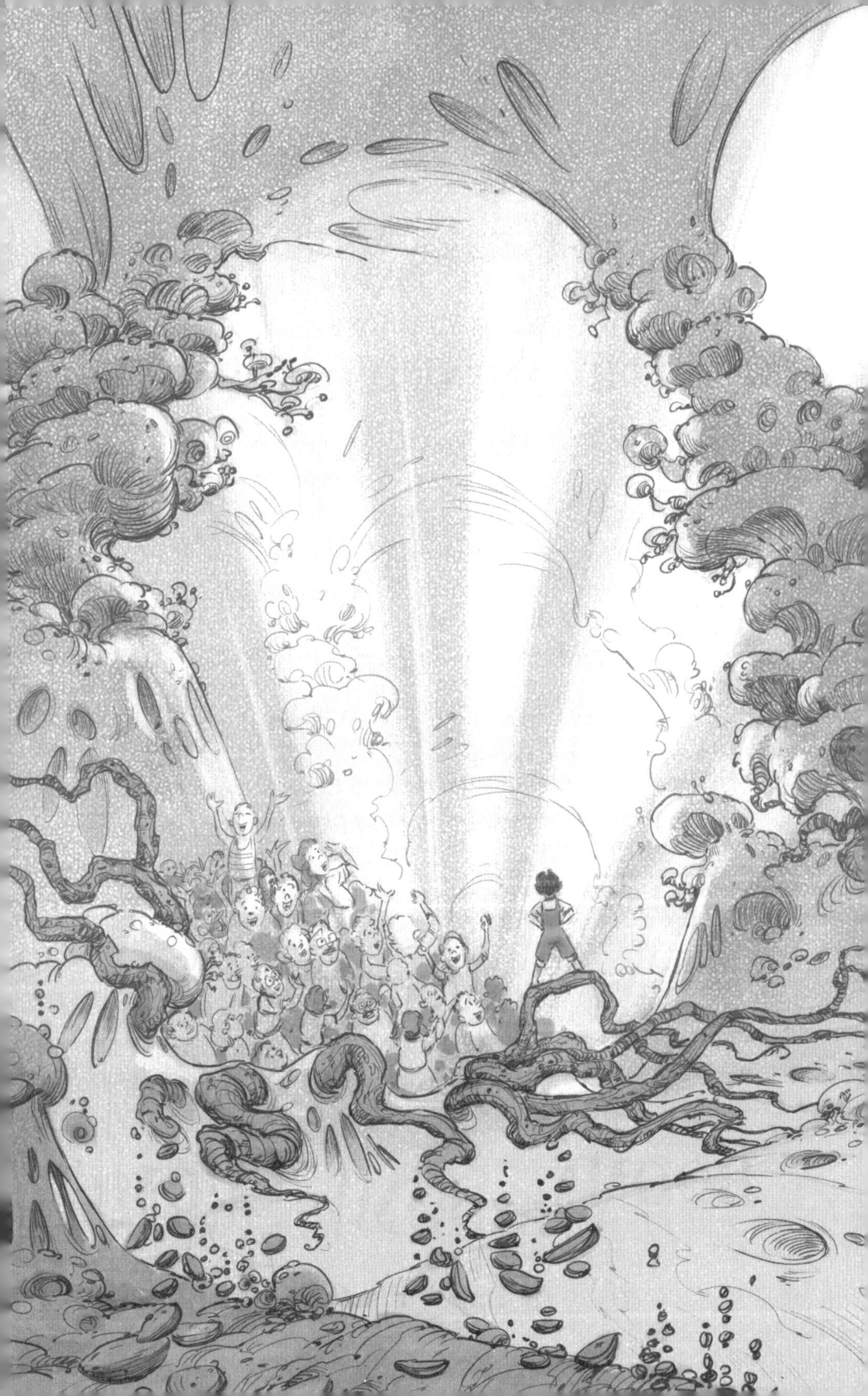

das crianças marchando ressoava pelos túneis sinuosos do Xobaime dos seus quartos lá em cima.

De repente, um raio de sol quente e de luz intensa perfurou o chão do túnel como um feixe de raio laser. Todos deram um pulo, boquiabertos. O prefeito Échato soltou um gritinho alto e agudo enquanto se escondia atrás da senhora Échata.

— O que é aquilo? — gritou a senhora Fédor.

Lucy sorriu:

— Luz do sol!

Então, mais um maravilhoso raio de sol explodiu por um dos caminhos de minhoca e chegou ao Xobaime. Então outro e mais outro, até que o túnel inteiro estivesse todo iluminado com a mais radiante, quente e doce luz da manhã.

As paredes do túnel podre começaram a derreter, pingando feito um nariz gripado enquanto o sol da manhã se erguia cada vez mais no céu acima de Baforadina, sua luz adentrava mais os túneis do Xobaime até enfim chegar às raízes podres que prendiam os adultos.

Uma por uma, as grades de um verde-musgo secaram até virarem pó, ruindo com o toque mais sutil e se amontoando em pilhas esfarelentas de pó do Xobaime.

— Está dando certo! — gritou o velho Cortez. — Estamos livres!

— Já parar aí, seus fedorentos podres! — zuniu Resmungão enquanto ele e seu exército de monstros barulhentos voltavam para a rua principal da Terra dos monstros barulhentos.

— Aiiii! Ser luz solar! — gritou Pum ao ver a luz quente brilhando feito mágica de Baforadina para o mundo deles, ruindo as paredes do Xobaime.

— Ela deixar a luz entrar aqui — disse Coceirinho, apavorado.

— A pequenina tentar matar nós, monstros barulhentos! — Funguento estremeceu enquanto eles se escondiam na primeira sombra que conseguiram encontrar. Todos os outros monstros barulhentos saíram correndo e sumiram túnel adentro o mais rápido que conseguiram enquanto uma fumaça fedorenta saía de seus traseiros gosmentos ao serem atingidos pela luz do sol.

— Vamos! — Lucy gritou, guiando os adultos pelo túnel, sentindo o brilho gentil do sol no seu rosto enquanto inundava centenas de buracos de minhoca que davam em Baforadina.

Ela parou diante do primeiro, que agora era cinco vezes maior do que antes e continuava aumentando enquanto a luz solar derretia toda a podridão do Xobaime. Lucy protegeu seus olhos da luz para conseguir ver pela extensão dele.

Quando suas pupilas se acostumaram, ela viu várias crianças conhecidas olhando para eles dos buracos lá em cima, em seus quartos.

— NORMAN! — Lucy chamou, seu coração deu um pulo quando viu a silhueta do que só podia ser Norman com seu uniforme de escoteiro.

Lucy pôde ver que ele tinha tirado e encostado seu colchão na parede do seu quarto, deixando que a luz do sol da manhã espantasse as sombras embaixo da sua cama, onde normalmente não chegava luz nenhuma.

Os raios de sol intensos eram fortes demais para a podridão do Xobaime e com o colchão fora do caminho não havia como impedir que se infiltrasse nas entradas do Xobaime escondidas embaixo da cama de todas as crianças.

O plano de Lucy está funcionando! Ou, como se diria no Xobaime, *está indo de mal a pior.*

— Lucy! Nos desculpe por acabar dormindo! — Norman gritou em resposta. — Mas vimos você na TV e fizemos o que você disse. Tiramos tudo da cama e esse buraco acabou derretendo aqui no chão!

— Ótimo! — Lucy gritou. — Muito bem!

— Eu ajudei também! — gritou Ella.

— Nós dois é que fizemos. Somos o NormEllaTron!

Lucy piscou confusa:

— O quê?

— NormEllaTron! — Ella gritou em resposta. — Ah... esquece. Esse nome bobo foi ideia dele mesmo.

— Estamos aqui para te salvar. Espero que exista um broche para isso! — Norman disse. De repente uma corda comprida apareceu no buraco e caiu na frente de Lucy feito uma cobra saindo de uma cesta. Tinha nós em intervalos perfeitos, pronta para alguém subir nela.

Lucy viu todas as crianças de Baforadina jogarem cordas para dentro do Xobaime através de cada buraco ensolarado aberto no piso molenga. Centenas delas!

— Norman! Esses são os melhores nós que eu já vi. Estou tão orgulhoso de você! — gritou o pai de Norman, com lágrimas brilhando nos olhos enquanto via as cordas.

— Valeu, Norman! — Lucy gritou para o mundo lá em cima, e Norman respondeu com um sorriso enorme.

— Certo, adultos — Lucy disse, olhando ao redor. — Subam bem devagar para saírem do Xobaime. Não tem por que se apressarem.

Os adultos ficaram confusos por um instante, até a senhora Fédor ver a piscadela de Lucy e entender.

— Ela está falando a linguagem do Xobaime! — a senhora Fédor avisou os adultos próximos dela. — Vai espalhando! O que ela quer dizer na verdade é...

— ANDEM LOGO! ESSE LUGAR ESTÁ PRESTES A DESABAR!!!!! — sussurrou senhor Espertalhone.

Em seguida, os adultos começaram a descer pelas cordas em direção à Baforadina. Lucy caminhava ao redor, observando a fuga, verificando se todos já tinham voltado. O velho Cortez, os pais de Ella, Marta Página, e cada mamãe e papai, vovó e vovô, titio e titia de cada menino e menina.

Ninguém ficaria para trás.

De repente, o chão tremeu com força e mais raios de sol explodiram ao lado pelas paredes.

— Lucy, o que está acontecendo? — gritou Norman, olhando pelo buraco para o Xobaime.

— Não sei! — ela respondeu. — Acho que... acho que talvez o Xobaime esteja ficando instável! Não sei quanto tempo mais vai aguentar!

Enquanto dizia isso, uma vozinha na sua cabeça acrescentou: *Ou o que vai acontecer com ele quando todos sairmos.*

Ela olhou para trás pelo túnel sinuoso e viu as orelhas pontudas dos quatro monstros barulhentos embaixo de montes de lama que estava derretendo e pedra esfarelando enquanto eles se escondiam do sol.

O coração de Lucy se apertou.

O Xobaime é o lar deles, ela pensou.

Ela ia mesmo embora e deixar que esse lugar virasse pó? Podia mesmo destruir estas criaturas e seu mundo inteiro? Lucy não queria que ninguém se machucasse... nem os chatos dos monstros barulhentos.

— Lucy, vai você primeiro, querida! — a senhora Fédor disse, direcionando Lucy para a corda com um empurrãozinho.

— Não, mãe! VOCÊ vai primeiro. Estou salvando você, lembra? — Lucy disse apontando para a corda.

— Ah, sim — a senhora Fédor disse e começou a escalar rumo ao que agora era um buraco enorme no quarto de Lucy em Baforadina.

Lucy ficou observando sua mãe escalando até Norman ajudá-la a subir sã e salva.

Ela conseguiu!

Era a última humana no Xobaime.

Lucy ergueu os braços e agarrou a corda cheia de nós, pronta para ir embora desse lugar de uma vez por todas. Só que assim que seus dedos envolveram a corda firme, ela sentiu que os dedos de mais alguém se fecharam ao redor da sua perna e ela foi puxada de volta para o Xobaime.

— AHHHHH! — Lucy gritou.

Mas como um monstro barulhento poderia ter agarrado sua perna? Os raios de sol que entravam por todos os lados dos vários buraquinhos pelo Xobaime com certeza teriam feito um monstro barulhento normal se transformar em pó de dorminhoco!

Lucy olhou para trás e lá estava sua resposta.

Esse não era um monstro barulhento qualquer.

— É o rei monstro barulhento! — Lucy arfou.

Pronto. Falei que isso ia acontecer. Eu avisei que Lucy precisaria lidar com o rei. Não é culpa minha. Não é como se estivesse inventando tudo. Se você não foi ao banheiro da última vez que avisei para ir, então agora é a sua última chance. Não? Tem certeza? Porque se continuar lendo, então você concorda com os termos e condições de que eu, Tom Fletcher, autor deste livro, não sou responsável caso você acabe molhando as calças de tanto medo no próximo capítulo.

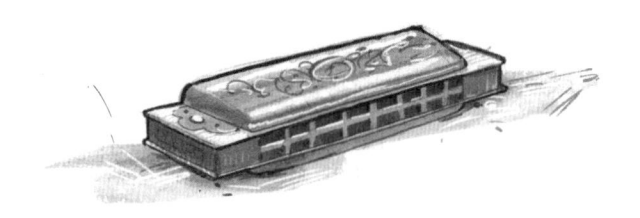

CAPÍTULO VINTE E CINCO
O REI MONSTRO BARULHENTO

O estômago de Lucy revirou ao ver o verde fluorescente de relance e ela reconheceu de cara o que era: o casaco do seu pai, que caía aos pés do maior monstro barulhento que ela já tinha visto. Ele era do tamanho de Pum, Resmungão, Coceirinho e Funguento juntos, uma criatura podre e horrenda que estava escondida nas sombras do túnel.

Com o sol nos olhos vindo do mundo lá em cima, Lucy mal conseguia ver os lábios rachados do rei monstro barulhento, o nariz pontudo e a cabeça escamosa e esfarelenta. Quando as garras desgastadas que pareciam as de um caranguejo pegaram o tornozelo de Lucy, a menina sentiu que eram duras feito osso, mas a pior parte era o cheiro. Era uma mistura de entranhas de peixe com vômito. Lucy teve vontade de vomitar.

— Dizer adeus para o seu mundo, pequenina — o rei gritou com uma voz tão grave que chegava a doer os ouvidos de Lucy. Ele a puxou do buraco de minhoca aberto, para fora da luz do sol e de volta para as sombras do Xobaime.

— Ficar longe dos buracos, seu bando de bobalhões nojentos — o rei rosnou para os monstros barulhentos. — Ou vocês acabar virando pó.

Lucy viu o mundo ao contrário virar de ponta-cabeça enquanto ele a ergueu por uma perna com sua enorme garra. Ela foi levada, balançando de um lado para o outro e ficando tonta, de volta para a abertura cavernosa que uma vez tinha sido a entrada para a Terra dos monstros barulhentos. *Calma, Lucy!*, ela disse para si mesma, tentando ignorar seu coração, que martelava no peito. Calma.

Com um baque seco, ela foi jogada no meio da rua principal que agora não passava de um lamaçal borbulhante, já que aquele verde brilhante tinha desaparecido. Ela esfregou seu tornozelo dolorido por onde o rei monstro barulhento a tinha erguido enquanto estava bem na entrada do seu enorme castelo de lixeiras.

Ele acenou com seus grandes braços para ordenar que o túnel bem iluminado que dava em Baforadina se fechasse, impedindo a entrada da luz quente do sol.

TOQUE A MÚSICA 8:

— Me deixa ir para casa! — Lucy gritou para o rei, sua voz ecoando pela enorme caverna.

O rei monstro barulhento ficou bem parado. Lucy viu seus ombros subirem e descerem enquanto seu hálito podre e fedorento preenchia o ar com um vapor catinguento. Para Lucy, ele parecia um dragão assustador.

Ele desfez o punho revelando garras longas e pontudas.

Lucy engoliu em seco.

O rei revirou as mãos e um enorme trono redondo e gorduroso de lama começou a crescer do chão, borbulhando e escorrendo enquanto se formava nas sombras mais profundas do Castelo monstro barulhento.

De repente, o rei se inclinou para a frente e ficou de quatro, tornando-se mais parecido com os monstros barulhentos que Lucy tinha visto, embora o jeito dele fosse bem mais assustador, mais poderoso, como um forte gorila-costas-prateadas. Ele se arrastou para as sombras e se sentou em seu trono bolorento de podridão. Não fosse pelo casaco verde fluorescente que ele roubou de Lucy, ela mal conseguiria vê-lo.

— Então, pequenina, veio aqui nos destruir? — A voz do rei ecoou pela escuridão.

— Não! — Lucy disse e era verdade. — Não foi por isso que vim aqui!

O rei ficou quieto por um instante enquanto seus quatro leais monstros barulhentos, Resmungão, Pum, Coceirinho e Funguento, faziam barulho ao lado do trono.

— Esses meus monstros barulhentos aqui contar como você tentar enganar eles. Que você prender eles em uma armadilha do sol. E agora você trazer o sol aqui junto com você? — disse o rei.

— Sim, mas eu...

— Pois, então, parecer que você estar destruindo nós, querendo ou não.

O coração de Lucy se apertou. Ela nunca teve a intenção de destruir ou machucar alguém.

— Eu só queria minha mãe de volta e salvar as outras mamães e papais para as outras crianças — ela explicou.

— **MENTIRA!** — o rei rugiu.

Lucy tremeu de medo. Ela queria sair correndo, mas alguma coisa no rei fazia ela se sentir paralisada.

— Nenhum pequenino querer os adultos de volta. Nós levar eles... nós deixar as crianças livres para ser bagunceiras, para fazer travessuras — o rei soltou. — Como agradecimento, nós só querer seu lixo podre.

— Sim, mas... — Lucy engoliu em seco. — Vossa Podridão entende que isso saiu um pouco do controle?

— Sair de controle? — o rei perguntou.

— Sim! Nos demos conta de que precisamos dos adultos. Sentimos falta deles...

— Vocês sentir falta deles?

— Sim! Quando eles foram embora, foi divertido por um tempo, mas depois ficamos tristes e sozinhos. Queríamos nossos papais e mamães de volta. — Lucy fez uma pausa. — Minha mãe... ela é tudo que eu tenho no mundo depois que meu pai sumiu. Precisava vir salvar ela.

O rei ficou quieto. Lucy só conseguia ver suas enormes garras pontudas dependuradas em seu braço no trono feito aranhas em suas teias, esperando a hora de atacar.

De repente, o chão nodoso da rua principal começou a retumbar e tremer. Grumos de chão decomposto começaram a se esfarelar e flutuar para a parte de cima da caverna.

— Vossa Monstrice — Resmungão disse em pânico —, o claro estar entrando!

Lucy sabia que Resmungão tinha razão. O chão bolorento aos seus pés estava ficando cada vez mais quente. Enquanto ela olhava para baixo, uma rachadura apareceu perto dela.

— Vocês precisam se esconder! — Lucy gritou para os monstros barulhentos. — Corram para as sombras.

O rei se levantou, jogando seu casaco catinguento e comprido. Resmungão, Pum, Coceirinho e Funguento pularam atrás, se escondendo na sombra do rei.

Então a rachadura se abriu e um enorme raio de luz branca explodiu sobre a caverna, cortando as sombras e caindo direto no rei. Com um rugido, ele cobriu o rosto com os braços, se protegendo dos raios quentes.

— Não! — Lucy gritou, apavorada com a possibilidade de todos eles virarem pó.

Mas o rei ficou parado bem na luz e abaixou o braço devagar, deixando que a luz quente inundasse seu rosto.

Pela primeira vez, Lucy pôde vê-lo com clareza.

Ela viu seus olhos, que eram de um azul brilhante.

Seu nariz, um pouquinho grande, como o dela.

Sua boca, que parecia prestes a sorrir a qualquer instante.

Lucy sentiu um nó se formar em sua garganta e lágrimas se acumularem em seus olhos, sua cabeça girou, confusa.

— Pai?! — ela ofegou, e então tudo ficou escuro.

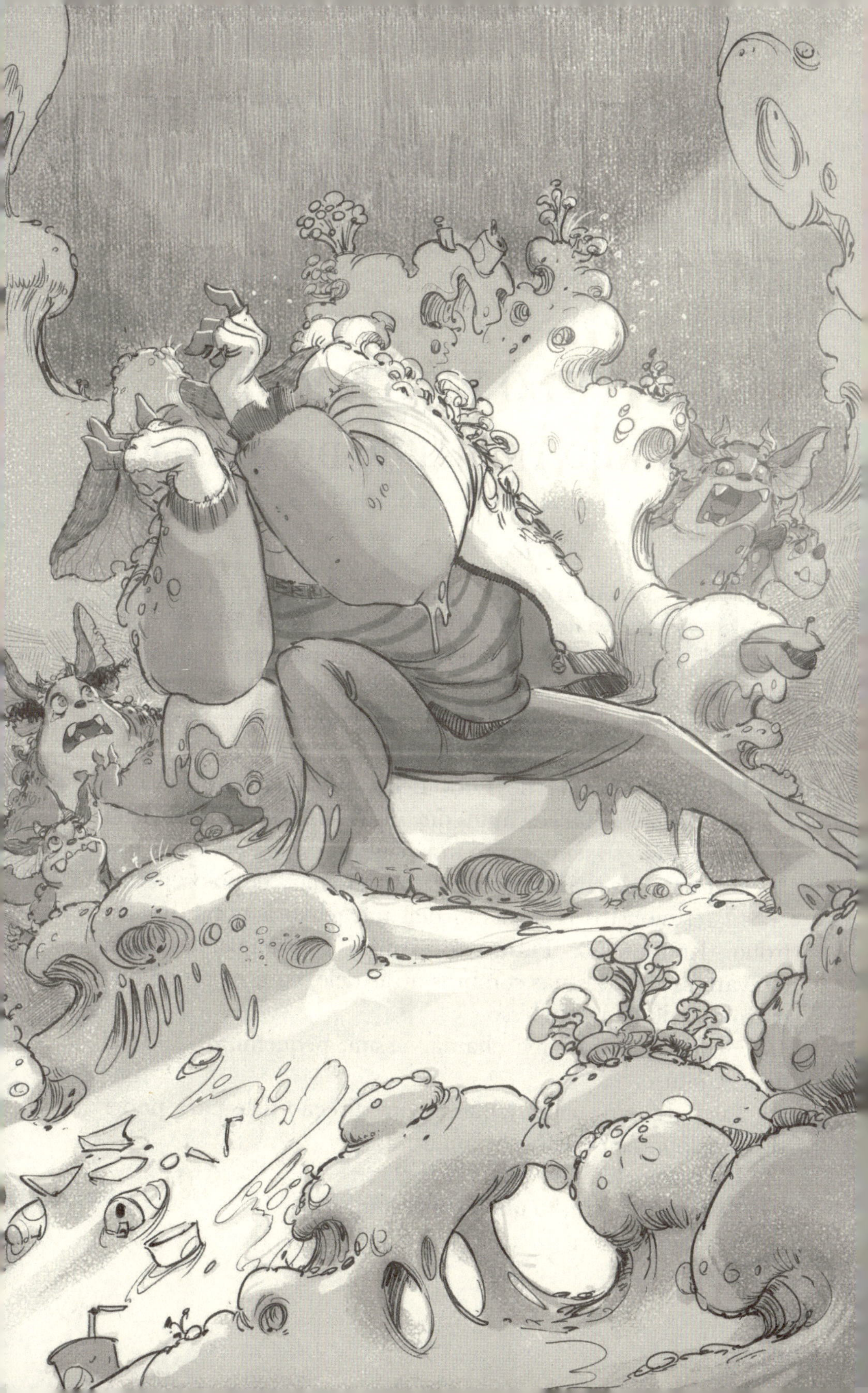

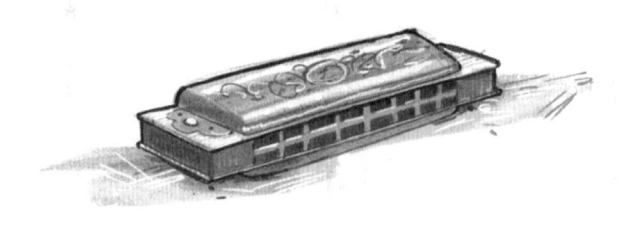

CAPÍTULO VINTE E SEIS
O ESTRANHO TRABALHO DO XOBAIME

Lucy abriu os olhos. Sua cabeça ainda girava e tinha um vazio horrível no seu estômago. Ela encarou um par de olhinhos pretos que piscaram para ela e então olharam para cima.

— A pequenina estar viva, Vossa Podridão! — anunciou Funguento.

O rei! O coração de Lucy deu um pulo quando ela se lembrou o que aconteceu antes que ela desmaiasse. Ela se virou de lado e então se sentou com uma careta.

— Pai? — ela chamou outra vez, a voz trêmula de preocupação.

O rei monstro barulhento deu um passo à frente do seu trono. Resmungão, Pum, Coceirinho e Funguento ainda estavam escondidos nas sombras atrás dele, com medo de que outro raio de sol irrompesse.

— Por que você me chamar assim, pequenina? — o rei disse, confuso.

Lucy deu um passo temeroso na direção dele para poder vê-lo melhor. Seus joelhos tremiam.

Lá estava ele, claro como o dia.

Era seu pai, sim, só que... diferente.

Mudado.

Lucy analisou esse novo rosto dele.

Suas orelhas eram grandes e pontudas, como a de um gnomo, e sua pele estava verde-escura e enrugada. Ele não tinha cabelo, embora já não tivesse antes, então isso não tinha mudado, só que agora sua cabeça estava cheia de verrugas enormes. Seu nariz era pontudo, com pelos espessos que saíam dele em zigue-zague, e dentro de suas orelhas ela via bolotas enormes de cera de ouvido marrom, como se ele não tomasse banho há anos.

Só que embaixo de tudo isso, de toda a podridão, Lucy sabia que era seu pai. Seus olhos ainda brilhavam como se fossem mágicos e no lado esquerdo da sua bochecha ele ainda tinha covinhas profundas que lhe diziam que com certeza era ele.

— Pai! O que aconteceu com você? — Lucy sussurrou em choque e deu mais um passo na sua direção, estendendo suas mãos trêmulas. Mas o rei recuou para as sombras.

— Não chegar mais perto! Isso ser mais um truque seu, pequenina? — ele ordenou que ela lhe respondesse.

— Não! Pai, sou eu... Lucy.

— Quem?

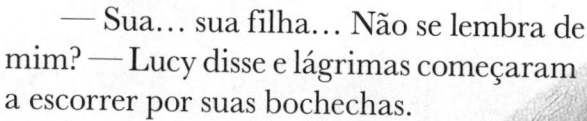

— Sua... sua filha... Não se lembra de mim? — Lucy disse e lágrimas começaram a escorrer por suas bochechas.

— Pai... você precisa tentar se lembrar. Você não é um monstro barulhento! Quer dizer, você não foi sempre um monstro barulhento. Você é um adulto! Com uma esposa e uma pequenina... quer dizer, uma *filha*... EU! Lucy. A Lulu... lembra?

— Lulu? — o rei repetiu devagar, como se tivesse se lembrado de que já tinha dito aquilo antes.

— SIM! — Lucy gritou. — É assim que você e mamãe me chamam!

Ela viu os monstros barulhentos trocarem olhares apreensivos.

— A pequenina estar te enganando, Vossa Podridão! — Resmungão rosnou.

— Melhor não ouvir essa coisinha espertinha — acrescentou Pum.

— NÃO estou te enganando! — Lucy disse. — Pai, você sumiu meses atrás. Desapareceu do nada. Todo mundo achou que você tinha nos abandonado, mas eu sabia que você nunca faria isso. Agora eu sei o que foi que realmente aconteceu.

Os monstros barulhentos começaram a se remexer, tensos.

— Eles te pegaram! — A voz de Lucy ecoou pelo ambiente cavernoso.

— Eu? Me pegaram? — O rei soltou o ar pela boca em descrença.

— Sim, pai! Essas criaturas podres te pegaram — ela apontou para Resmungão, Pum, Coceirinho e Funguento. — Eles te pegaram e trouxeram você aqui para baixo. Quem melhor para ser rei deles do que você? Ninguém entende de lixo mais do que você!

Lucy encarou o rosto novo de monstro barulhento do pai:

— Faz tanto tempo que está aqui, pai, que esse lugar te mudou. Fez você esquecer. Fez você ficar todo ao contrário e diferente. Mas, pai, sei que você ainda está aí dentro.

De repente, outra rachadura irrompeu no chão e outro raio de sol brilhou na caverna.

— LUCY! — A voz de Norman ecoou do buraco.

Lucy olhou para baixo. Ela conseguia ver seu mundo e Norman esperando por ela do outro lado.

— Pai, vem comigo — Lucy implorou.

— Não, Vossa Podridão! Ela estar te enganando! — Resmungão disse do seu esconderijo na sombra do rei.

— Não estou te enganando, pai! — Lucy gritou, tentando pensar em uma maneira de fazer o pai se lembrar. Ela o encarou, parado ali com seu casaco verde de trabalho todo sujo e então ela se lembrou:

— Pai, dentro do seu bolso! — ela exclamou. — Tem uma coisa aí dentro. É sua... lembra?

Devagar o rei enfiou sua garra comprida de monstro barulhento dentro do bolso do casaco e tirou uma coisa pequena, brilhante e prateada.

A gaita dele!

— Você tocava para mim todas as noites — Lucy disse, esperançosa. Ela olhou bem para o rosto do rei, esperando por algum sinal de que ele tinha reconhecido o objeto. Ele o segurou na palma da mão, encarando e analisando.

— Mentira! Mentira! Mentira! Mentira! — Os quatro monstros barulhentos malvados cantarolaram no ouvido do rei enquanto ele virava a gaita prateada e olhava para sua aparência de monstro barulhento refletida na superfície.

— O que ser isso? Ser brilhante e bonita demais para ser do rei monstro barulhento — ele gritou. — Você tentar me enganar, pequenina. Eu nunca ver isso na vida.

— NÃO! — Lucy gritou enquanto ele jogava a gaita pelo ar. Ela caiu no que antes era um rio de milk-shake cor-de-rosa, mas agora era um riacho de gosma bolorenta e borbulhante espirrando o líquido viscoso. Lucy correu para a margem do riacho, mas era tarde demais. A gaita não estava em lugar nenhum depois de ter afundado no estrume, levando junto toda a esperança de livrar seu pai do feitiço monstro barulhento.

O Xobaime começou a tremer muito outra vez, fazendo pedaços enormes de bolor e podridão purulenta caírem e se esfarelarem no chão.

— Lucy, você devia *mesmo* sair daí! — Norman gritou pelo buraco em Baforadina, mas Lucy nem se mexeu.

— Não vou te deixar aqui. Não vou perder você de novo, pai — Lucy disse com os olhos cheios de lágrimas. Sua vista devia estar bem embaçada, porque por um instante ela teve a impressão de ver uma pequena lágrima verde cair pela bochecha de Funguento também.

Enquanto o Xobaime desmoronava ao redor deles, Resmungão, Pum, Coceirinho e Funguento corriam para se proteger dos pedaços que caíam por todos os lados em qualquer lugar que conseguissem. Resmungão e Coceirinho brigavam atrás de uma pedra enquanto Pum, em pânico, tentava se enterrar na lama. Funguento chegou a pular de cabeça no rio bolorento.

— Olhar o que vocês, humanos, fazer com o nosso mundo. A nossa casa — o rei monstro barulhento disse, observando enquanto seu glorioso castelo podre ruía, uma lata de lixo prateada de cada vez. — Nós, monstros barulhentos, nunca querer...

Só que Lucy não estava ouvindo. Algo tinha chamado sua atenção. Algo impossível.

Uma coisa pequena, brilhante e prateada.

— A gaita do papai! — ela sussurrou ao vê-la erguida do rio corrente como se algum tipo de mágica a trouxesse de volta do reino dos mortos. Então ela viu três garras em volta da gaita e em seguida um braço magrinho surgiu em meio ao estrume. Então a cabeça de Funguento apareceu e o monstro barulhento saiu do rio, sorrateiro, molhado e cheio de gosma.

— Funguento! — Lucy arfou.

O pequeno monstro barulhento ergueu uma garra sobre seus lábios craquelados e balançou a cabeça.

Lucy olhou para a pilha de pedras e lama onde Resmungão, Pum e Coceirinho estavam escondidos. Eles lançavam olhares cheios de suspeita para Funguento.

Coceirinho viu a gaita.

Coceirinho a apontou para Resmungão.

Os olhos de Resmungão se estreitaram, irritados.

Ele estava prestes a avisar o rei quando Funguento enfiou a mão dentro da bolsinha ao redor do seu pescoço e soprou um punhado de pó de dorminhoco dourado no ar.

A nuvem de pó de dorminhoco não flutuou preguiçosamente dessa vez. Saiu feito uma flecha pelo Xobaime em direção a Resmungão, Pum e Coceirinho.

ZUM! TUM! VRUM!

Os três monstros barulhentos na mesma hora caíram no chão.

— E é por isso que você não deve confiar em humanos! — o rei continuou, andando de um lado para o outro, evitando as rachaduras no chão que apareciam ao seu redor.

Funguento foi para perto de Lucy e com a patinha trêmula e molhada entregou a gaita para ela.

— P-p-por favor, nos ajude — ele disse, seus olhinhos pretos preocupados o faziam parecer um gatinho triste. Lucy viu algo nele que não tinha visto nos outros monstros barulhentos: bondade.

Ela pegou a gaita, fechou os olhos, respirou fundo e começou a tocar.

Uma linda melodia permeou cada canto da caverna desmoronando enquanto ela tentava se lembrar da "cantiga de ninar da Lucy", aquela que o pai tocava para ela todas as noites.

O rei parou de falar, ficou parado como se não tivesse escolha a não ser escutar a música.

Enquanto as notas chegavam às orelhas pontudas que pareciam folhas de repolho dos monstros barulhentos dormindo, eles começaram a acordar da magia do pó de dorminhoco, se recuperando mais rápido do que humanos conseguem.

— Não escute, Vossa Podridão! — eles gritaram, fazendo uma careta como se a linda melodia os estivesse machucando, mas o rei não conseguiu resistir. Ele já estava envolto pela magia da música.

TOQUE A MÚSICA 9:

Seus lábios rachados estavam trêmulos.

Ele estava começando a se lembrar.

— Você virar pó se voltar — Coceirinho disse tomado pelo pânico.

— *Voltar?* — o rei sussurrou, e Resmungão fuzilou Coceirinho com o olhar já que ele tinha acabado de confirmar a verdade.

Lágrimas espessas e cristalinas se formaram no canto dos olhos do rei e começaram a escorrer pelas bochechas dele. Não eram lágrimas de tristeza, mas de felicidade. Felicidade porque cada nota que Lucy tocava trazia de volta suas lembranças humanas.

Música é mais do que apenas som e barulho; mais do que notas e melodias. A música é capaz de nos transportar para outros lugares. Mexer com as nossas emoções. Trazer de volta pessoas que não estão mais entre nós. Não conseguimos ver ou pegar a música..., mas conseguimos sentir; e enquanto o rei sentia a música, sua cabeça se encheu de imagens de Lucy rindo, brincando e sorrindo, imagens da sua esposa e da sua casa.

Essas lágrimas de alegria caíram pela sua pele podre, deixando um rastro. Era como se estivessem lavando o trabalho malvado do Xobaime, e o monstro barulhento nojento que ele tinha se tornado derretia ao ser tocado por suas lágrimas.

Quando Lucy terminou de tocar, ela abriu os olhos.

— Vamos para casa, Lulu — o pai dela sussurrou.

CAPÍTULO VINTE E SETE
VOLTANDO PARA CASA

Senhor Lourenço Fédor estava de volta! Enquanto os monstros barulhentos assistiam com uma expressão nada contente, ele pegou a mão de Lucy e juntos correram de volta para o túnel onde os círculos brilhantes de sol fluíam de Baforadina para dentro do Xobaime. Vários rostos preocupados os observavam – um deles era Norman.

— Lucy voltou! — ele gritou quando a viu. — E ela está com... espere aí! Lucy, esse é o seu pai?

— Sim... os monstros barulhentos pegaram ele! — ela gritou de volta. — Se prepare. Estamos indo!

O pai dela agarrou a corda cheia de nós mais próxima com uma mão e ergueu Lulu com a outra. Então ele tentou subir, mas estava fraco. A transformação de rei monstro barulhento no homem do lixo normal tinha tirado toda a sua energia.

— Norman, precisamos de ajuda! — Lucy o chamou.

Norman logo puxou a corda pelo buraco. Lucy observou enquanto ele circulava, torcia, dava nós e então puxava feito um cowboy texano, usando todos os nós de escoteiro que ele conhecia. Em um minuto, ele a tinha jogado de volta. Agora era um cinturão firme, grande e forte o suficiente para que os dois colocassem em seus ombros.

— Segura firme! — Norman gritou. — Todo mundo: PUXEM!

De repente, Lucy e o pai foram erguidos do chão. Foram tirados do Xobaime, movendo-se pelo caminho de minhoca brilhante rumo à maravilhosa luz do sol de Baforadina, enquanto pedaços podres desse mundo secreto ruíam ao seu redor.

Lucy abraçou o pai mais forte do que ela já tinha abraçado alguém na vida. Ela apertou a bochecha no seu casaco catinguento, se alegrando com o calor que agora o preenchia, já que agora ela não precisava mais fingir que ele estava ali.

Enquanto se moviam pelo caminho de minhoca derretendo, Lucy deu uma olhada rápida para o mundo ao contrário abaixo e seu coração se apertou. Nas sombras, ela viu Resmungão, Pum, Coceirinho e Funguento espremidos juntos, tremendo de medo ao ver seu mundo, seu lar, suas vidas, ruírem ao seu redor.

A luz do sol ficou mais intensa e de repente irrompeu pelo outro lado da Terra dos monstros barulhentos, queimando um buraco ainda mais profundo no Xobaime. As paredes viraram pó e preencheram o ar com uma névoa espessa e marrom, quando se dissipou, Lucy pôde ver a enorme cidade monstro barulhento. Aquela que tinha visto no mapa bem no meio daquelas perninhas de aranha.

Quilômetros abaixo, havia milhares de monstros barulhentos. Jovens, velhos, famílias, bebezinhos, todos correndo de um lado para o outro em desespero para evitar a luz solar que queimava e entrava em jatos no seu mundo de lixo e bagunça. De repente, Lucy se lembrou dos olhinhos grandes de Funguento e ouviu sua voz áspera pedindo ajuda. Seu coração se apertou, ela ficou com pena dele e todos os outros monstros barulhentos lá embaixo.

— Aí está você! — Norman disse quando pôde ver Lucy e a puxou de volta para o mundo real junto de outras crianças descabeladas com uma aparência selvagem que ajudaram a erguê-los.

— Norman! — gritou Lucy, lançando os braços em torno dele e o abraçando. — Obrigada! E obrigada a todos vocês também — ela disse para as crianças selvagens.

— Agora vão lá encontrar seus pais — Norman disse, e as crianças imundas saíram feito um raio pela porta.

— Ah, Norman, esse é meu pai! — explicou Lucy. — Pai, esse é meu amigo, Norman.

Norman se endireitou com a melhor saudação de escoteiro que pôde fazer.

— Descansar, Norman. Prazer em te conhecer. Todo amigo da Lucy também é meu amigo — o senhor Fédor disse, tentando fazer uma saudação de escoteiro. Não estava lá muito certa, mas Norman deixou para lá... dessa vez.

— Obrigado — ele sussurrou para Lucy.
— Pelo quê?

— Por dizer para o seu pai que somos amigos.

— Mas é verdade, Norman. Somos amigos — Lucy disse, dando um empurrãozinho nele com o ombro.

— É... Norman, onde estamos? — ela perguntou, de repente se dando conta de que não reconhecia o quarto em que eles estavam. Tudo ali era de vários tons de cor-de-rosa e, a não ser que seus olhos a estivessem enganando, o papel de parede era peludinho e tinha a maior cama com dossel que ela já tinha visto na vida.

— Espera, deixa eu adivinhar — Lucy disse. — Estamos na casa de Ella!

Norman sorriu e os dois deram uma risadinha.

— Cadê ela?

— Lá embaixo com a senhora Échata e o prefeito, graças a você!

— Mas como você sabia onde eu estava? — Lucy perguntou.

— Cheguei à conclusão de que o Xobaime devia correr por baixo da maior parte da nossa cidade, então quando você sumiu eu saí procurando embaixo de todas as camas, até te encontrar! — Norman explicou e apontou para um colchão enorme e travesseiros encostados na parede, revelando um buraco enorme que dava no Xobaime.

O coração de Lucy pulou feito um sapo.

— Rápido, coloca de volta! — ela gritou.

— O QUÊ? — Norman arfou enquanto Lucy passou correndo ao seu lado e começou a refazer a enorme cama rosa de Ella, jogando o colchão com tudo na cama e encobrindo o Xobaime, devolvendo a ele as sombras.

— Eles vão morrer se a gente deixar a luz continuar a entrar lá assim. Precisamos cobrir os buracos. Temos que contar para todo mundo em Baforadina!

Norman franziu a testa:

— Do que está falando? Quem vai morrer?

— Os monstros barulhentos! — gritou Lucy. — Sei que deve achar que estou louca, mas não podemos deixar que eles virem pó. — Com um último puxão, ela colocou o colchão sobre o último pedaço por onde entrava luz.

Norman ficou boquiaberto feito um peixinho dourado, enquanto o senhor Fédor estalava os dedos:

— Já sei! Se tem alguém que pode fazer o pessoal de Baforadina prestar atenção, então estamos com sorte. Você está na casa dele!

Lucy e Norman encararam o senhor Fédor sem entender.

— O prefeito de Baforadina! — ele disse.

— O PAI DE ELLA! — Norman e Lucy gritaram juntos.

Os três saíram correndo do quarto de Ella com papel de parede cor-de-rosa peluciado para o andar de baixo o mais rápido que conseguiram.

— Prefeito Échato! Prefeito Échato! — chamaram quando apareceram de supetão na sala de estar.

— Não faço ideia de como grudou marshmallow aí. Juro que eu não usei, mamãe — Ella estava dizendo com um lindo sorriso ao entregar um vestido de noiva todo sujo e amassado para a mãe.

— O que importa é que estamos juntos outra vez! — a senhora Échata respondeu, jogando o vestido de lado e dando um abraço em Ella.

— Desculpe interromper — Lucy disse da porta. — Mas precisamos da sua ajuda. Ella, onde está seu pai?

— Sinto muito, mas ele precisou sair — a senhora Échata disse, tranquilamente.

— Sair? Mas vocês acabaram de voltar! — Norman soltou.

— Ele disse que precisava trabalhar e que era urgente — a senhora Échata respondeu.

De repente, Lucy ouviu o ronco de helicópteros trovejando pelo céu lá fora e ficando cada vez mais alto. Não era o som de um helicóptero comum. Era o som de helicópteros enormes, daqueles barras-pesadas mesmo – muitos deles.

Todos correram para a janela e arregalaram os olhos quando uma sombra enorme cobriu a cidade.

— Que doideira é essa? — disseram o senhor o Fédor e Lucy ao mesmo tempo.

— Bom, está aí uma coisa que não se vê todos os dias… — sussurrou a senhora Échata.

Um enxame de centenas de helicópteros militares cinza encheram o céu, voando bem próximos um do outro com as letras FAB pintadas na lateral deles.

— É a Força Aérea de Baforadina — gritou Norman.

Os adultos voltaram e não estavam para brincadeira!

— O que é aquela coisa que eles estão carregando, pai? — perguntou Lucy, apontando para uma máquina redonda enorme pendurada nos helicópteros por cabos compridos de metal, que balançavam para lá e para cá.

— É uma máquina perfuratriz — o senhor Fédor disse.

— Não acho que seja atriz. Parece de verdade — respondeu Norman enquanto olhava para o Golias metálico zunindo pela cidade.

— Atriz não. Perfuratriz! É uma máquina de fazer buracos! — o senhor Fédor explicou. — São usadas para cavar túneis bem fundos, é como se fosse uma furadeira gigante.

O sapo no peito de Lucy pulou de novo. Ela e Norman se entreolharam.

— Por que esta máquina gigante de cavar túneis está sendo transportada por Baforadina pela FAB? — Norman engoliu em seco.

Lucy já sabia a resposta.

— Vão cavar um buraco no Xobaime e destruir os monstros barulhentos! — ela gritou.

Quando a imagem de milhares de famílias desesperadas tentando fugir dos raios de sol passou por sua mente, Lucy cerrou os punhos apertados:

— Preciso impedir essa máquina antes que seja tarde demais.

— O quê? Mas por que justo você? — disse Norman.

— Fui eu que encontrei o Xobaime — Lucy disse. — Eu é que descobri que a luz do sol pode destruir ele. Isso significa que se os monstros barulhentos morrerem, vai ser minha culpa. Então preciso impedir que isso aconteça.

Ela olhou para cima em direção ao pai:

— Preciso alcançar aqueles helicópteros, pai.

O senhor Fédor olhou de volta para a filha, para a forte determinação em seus olhos. Ela parecia ter crescido de repente e dessa vez não tinha nada a ver com o estranho Xobaime.

— Tem razão, Lulu. Espera só um pouquinho! — ele disse, subindo o zíper do seu casaco catinguento verde enquanto sumia pela porta da frente da casa de Ella.

— Para onde ele foi?! — Norman disse, tão surpreso que sua voz saiu fininha, mas dentro de alguns segundos sua pergunta foi respondida pelo ronco de um motor e o barulho de uma buzina. Norman e Lucy correram para fora, onde o senhor Fédor estava parando seu fedorento e borbulhante caminhão de lixo.

— Rápido, entrem! — ele disse, se inclinando para abrir a porta de passageiros.

— Nessa coisa? — Norman perguntou.

— Sim. Pode ser? — perguntou o senhor Fédor.

— LEGAL! — Norman gritou, correndo à frente de Lucy para ser o primeiro a pular para dentro.

Lucy, Norman e o senhor Fédor saíram com tudo pelas ruas de Baforadina no seu lixomóvel – que foi como Norman resolveu chamá-lo –, tentando seguir os helicópteros à sua frente. Eles deslizaram pelas curvas tão rápido que metade do lixo empilhado na caçamba caiu pelas ruas, deixando um rastro fedido por cada lugar por onde tinham passado.

— Desculpa aí! — o senhor Fédor gritou pela janela. — Estou acostumado a recolher o lixo, não a descarregar!

— Para onde estamos indo? — Lucy gritou enquanto zuniam pelas ruas.

— Não sei, Lucy. Mas fica de olho neles!

— Tem um leve vento noroeste soprando, então, levando-se em conta a direção dele, diria que estamos indo para... — Norman fez uma pausa.

— Para onde, Norman? — Lucy exclamou.

— Não... não faz sentido... — ele resmungou.

— Não estou mais vendo eles! — o senhor Fédor gritou enquanto os helicópteros zuniam abaixo de árvores altas e então sumiram atrás das casas de Baforadina, levando a máquina gigantesca de perfuração para fora da vista deles.

— Pai, tive uma ideia! Vire à esquerda! — Lucy exclamou.

— Mas eles não foram para a esquer...

Antes que o senhor Fédor pudesse terminar a frase, Lucy deu um pulo e puxou a direção para si. O lixomóvel derrapou pela curva e entrou na...

— Rua do Pula-pula! — Lucy exclamou ao pular do caminhão para o pula-pula mais próximo. — Talvez a gente consiga vê-los assim!

Norman e o senhor Fédor a seguiram, o chão abaixo dos seus pés de repente ficando molenga e os impulsionando para cima. Saíram quicando por ele, pularam o mais alto que conseguiram, tentando ver os helicópteros e a máquina que levavam.

— Está... vendo... eles? — Lucy gritou a cada pulo enquanto as três cabeças subiam e desciam acima dos telhados.

Quando chegaram ao final da rua, estavam exaustos.

— Sinto muito, Lucy. Nós os perdemos! — disse o senhor Fédor.

— Eu... ach-ach-acho... eu... — Norman disse, ofegante, sem conseguir falar.

— O que foi, Norman? — Lucy perguntou.

— Os... helicópteros...

— Sim?

— Eu os vi...

— Onde?

— Estavam voando... direto para a SUA CASA! — Norman arfou.

— Quer dizer que nós estávamos aqui indo atrás deles enquanto eles iam direto para a nossa casa? — exclamou o senhor Fédor.

— Mas é claro! Faz todo sentido! — Lucy se deu conta. — Foi na nossa casa que eu descobri o Xobaime e o primeiro lugar por onde a luz adentrou os túneis escuros. É o lugar perfeito para cavarem! Foi onde tudo começou.

— E é onde tudo deve terminar — disse Norman.

— Espero não ser tarde demais! — o senhor Fédor disse enquanto quicavam de volta para o lixomóvel e corriam para casa.

Quanto mais perto chegavam, mais alto era o barulho, parecia que estavam passando por uma tempestade. O ronco do rotor dos helicópteros disparava alarmes de carros, fazia vidraças de janelas se estilhaçarem e telhas caírem dos telhados se despedaçando no chão.

Assim que entraram na Rua da Tralha, Lucy viu a coisa mais inacreditável que já tinha visto em toda a sua vida – mais do que o Xobaime. Pelo vidro empoeirado do lixomóvel, ela viu pelo menos cem helicópteros da FAB, circulando feito um furacão de abutres famintos. Abaixo deles a máquina enorme de cavar estava pendurada, balançando feito um tubarão metálico, mostrando seus dentes para o telhado da casa dos Fédor.

Aquilo foi o suficiente para fazer o senhor Fédor pisar com tudo no freio, fazendo o lixomóvel parar com um solavanco.

— Como vamos parar isso, Lucy? — disse Norman. — Lucy…? — ele repetiu, olhando ao redor.

Mas não teve resposta.

A porta do passageiro estava aberta, e Lucy não estava mais no seu lugar.

— Para onde Lucy foi?! — Norman exclamou.

Lucy não ia perder tempo. Ela estava correndo o mais rápido que conseguia em direção ao caos, rolando por capôs de carros e pulando canteiros de flores até passar feito um raio pelo portão da frente da sua casa e sumir no corredor.

— LUCY! ESPERE! — o senhor Fédor gritou da janela, deu uma buzinada do lixomóvel e então saltou para fora e correu até a sua casa. De repente, milhares de pessoas em uniformes escuros caíram do céu e aterrissaram com um baque alto ao redor dele: era a Força Aérea de Baforadina descendo de rapel dos helicópteros lá em cima. Formaram uma linha fechando a rua e impedindo-o de prosseguir.

— Desculpe, senhor. Não pode passar por aqui agora — o oficial mais perto dele disse.

— Mas aquela é a minha casa! E minha filha está lá dentro! — o senhor Fédor disse.

SCRIIIIIIIIICH!
CRASH!
CHOMP!

Um som ensurdecedor ecoou pelo ar enquanto os dentes da broca gigante perfuravam o teto da casa de Lucy. Os oficiais se abaixaram para se proteger enquanto a chaminé era exterminada, fazendo tijolos voarem pela rua e amassarem o caminhão do senhor Fédor.

— SE AFASTE! — ordenou o oficial da FAB. — Essa rua está fechada!

E, com isso, seguraram o senhor Fédor pelos ombros e o direcionaram para o final da rua, longe da casa e dos helicópteros, longe de Lucy.

Ela estava sozinha.

Então é isso! Estamos quase lá. Faltam só mais três capítulos para saber como termina. Eu já sei o que acontece. Se eu quisesse, poderia estragar o final ao contar para você agora mesmo que Lucy acaba virando picadinho em uma máquina de perfurar gigante e nunca mais ninguém a viu. Ou vai ver Lucy ganha superpoderes e derrete a máquina de perfurar gigante com raios laser que saem dos seus olhos. Talvez essas duas opções sejam finais melhores do que o que realmente aconteceu. Só tem um jeito de você descobrir...

CAPÍTULO VINTE E OITO
A ENORME E GIGANTESCA MÁQUINA DE PERFURAR!

Lucy fechou a porta após entrar e as dobradiças tremeram pela forte vibração. Na verdade, a casa toda tremia. Dá para imaginar centenas de helicópteros rondando sua casa com uma gigantesca máquina de perfurar pronta para detonar seu telhado a qualquer minuto?

Deus me livre! Parece horrível, não é mesmo?

Lucy correu para o andar de cima, pulando dois ou três degraus de uma só vez.

Mais rápido, Lucy! Mais rápido!, ela ordenou a si mesma.

Ela entrou no quarto dela feito um raio. Sua cama se estendia feito uma ponte sobre o enorme caminho de minhoca que dava no Xobaime, seu colchão ainda encostado na parede. Lucy correu para fechar as cortinas, impedindo a luz do sol de entrar, e jogou seu colchão na cama, deixando que tudo voltasse a ser coberto pelas sombras.

Assim que a escuridão voltou, Lucy viu a coisa mais incrível acontecer: o buraco começou a girar e diminuir, como água indo embora pelo ralo. O breu estava consertando o estrago que ela tinha feito.

SCRIIIIIIIIIICH!
CRASH!
CHOMP!

De repente, o quarto todo começou a tremer. Lucy se desequilibrou e caiu de joelhos. A mesinha de cabeceira caiu, e seus livros voaram de sua estante. Seu certificado da competição de comer ursinhos de gelatina caiu da parede e o vidro da moldura se estilhaçou pelo chão. Sua gaveta de meias se abriu, espalhando suas meias para todo lado! Uma bagunça só.

Então veio aquele som horrível.

Um som que ela nunca tinha ouvido antes.

E por que teria ouvido?

Era o som do seu telhado sendo arrancado da sua casa.

Dentes gigantes e prateados perfuravam o telhado dos Fédor bem no quarto de Lucy.

Lucy lançou um olhar para a porta, mas agora era tarde demais para sair correndo dali. A broca estava sendo abaixada. Ela não tinha como fugir. Abaixo dela estava a entrada que se encolhia do Xobaime. Acima dela, os dentes metálicos ameaçadores da máquina enorme e gigantesca de perfurar.

Ela estava presa entre os dois. Entre os adultos e os monstros barulhentos.

SCRIIIIIIIIIICH!
CRASH!
CHOMP!

E de repente o teto todo desapareceu.

Todas as telhas, tijolos, suas estrelas que brilhavam no escuro: tudo foi engolido pelos dentes que giravam e rodopiavam da enorme perfuradora militar.

Lucy sentiu o sol em seu rosto e, por um instante, ela entendeu como os monstros barulhentos deviam se sentir. O medo paralisante de que seu mundo estivesse prestes a virar pó. Ainda que não fosse a luz em si que faria Lucy virar pó, e sim a perfuradora estridente, cada vez mais perto dela.

Ela olhou ao redor. A visão diante dela era tão estranha a ponto de fazer sua cabeça girar. Seu quarto tinha quatro paredes, mas NÃO tinha teto. Tinha só um baita buraco onde o teto deveria ficar, preenchido apenas pela máquina matadora de monstros barulhentos que estava cada vez mais perto e pelas pás dos helicópteros que giravam.

SMASH!

A perfuradora de repente se abaixou mais, engolindo as paredes do quarto de Lucy também. A janela se estilhaçou. As cortinas foram sugadas para dentro da broca trituradora e um furacão de tijolos se transformou em detrito ao caírem no jardim lá embaixo.

Lucy estava agora no seu quarto sem um teto sob a sua cabeça e sem paredes ao seu redor. Só restavam ela e a sua cama, que estavam totalmente ao ar livre.

— LULU! — Uma voz chamou tão alto que pôde ser ouvida além do barulho da máquina perfuratriz, e Lucy viu o pai e a mãe no final da rua, balançando os braços em desespero. Não eram só eles que estavam sendo mantidos ali pelos militares. Norman também estava lá com o pai. Ella com a mãe. Baforadina toda estava lá em uma multidão enorme. Até as câmeras de *Acorda, Baforadina* estavam gravando, prontas para filmar a destruição do Xobaime.

Foi naquele instante, embaixo de centenas de helicópteros com uma broca gigante a poucos centímetros da sua cabeça, enquanto toda a população da cidade de Baforadina assistia, que Lucy se deu conta de uma coisa.

Uma coisa muito estranha.

Ela não estava com medo.

É claro que era apavorante ver uma enorme e gigantesca máquina de perfurar arrancar seu teto e balançar a poucos centímetros da sua cabeça, prestes a ser abaixada bem no lugar em que você está, mas, de alguma maneira, Lucy se deu conta de que aquilo que ela estava prestes a fazer era muito maior do que ter medo. Muito mais importante do que ficar amedrontada.

Lucy estava lutando por aquilo em que acreditava. Colocando a vida de outros acima da sua própria. Ela estava preparada para arriscar tudo para salvar os adultos dos monstros barulhentos – e agora estava se arriscando para salvar os monstros barulhentos dos adultos.

— PARE! — ela gritou.

Mas a máquina continuou perfurando. Se abaixando mais e mais.

SCRIIIIIIIICH!

— PARE DE PERFURAR!!! — ela exclamou.

CHOMP! CHOMP! CHOMP!

Foi a resposta da máquina.

Lucy se deu conta de que não adiantaria gritar. Ela precisava ser vista. Então ficou em pé na cama, tentando ficar o mais alta possível. Ergueu as palmas abertas na direção da perfuratriz e dessa vez exigiu que a máquina a obedecesse.

— CHEGA! — ela ordenou.
Com um grande

CLAAAANKKK! HISS!

e um **PSHHHHHH!**, a enorme e gigantesca máquina de perfurar de repente parou.

Lucy arregalou os olhos para a parte pontuda metálica da máquina. A ponta apenas a alguns centímetros da sua mão aberta.

— Ergam a perfuratriz! — ecoou uma voz irritada pelo megafone de um dos helicópteros acima.

O motor dos helicópteros roncou ao erguerem a máquina de perfurar do lar da família Fédor.

— Ué, o que aconteceu, sargento? — a voz ecoou lá de cima outra vez, e desta vez Lucy a reconheceu, era o prefeito Échato, o pai de Ella. Ele estava dependurado ao lado de um dos helicópteros olhando para baixo com a testa franzida de irritação.

— É... é a garota, senhor! — o sargento respondeu, tenso.

— Uma garota?

— Não! A garota. A que salvou todos nós do Xobaime.

— Sou eu, Lucy! — Lucy gritou de volta para os helicópteros da FAB pelo megafone que ela tinha tomado dos meninos. — Lucy Fédor, e essa é a minha casa!

— Ah, pelo amor de Deus, Lucy, saia da frente! Precisamos nos livrar daqueles vermes nojentos lá de baixo — o prefeito mandou.

Mas Lucy não obedeceu. Ela se sentou na cama e cruzou os braços.

— Não vou sair daqui — ela disse. — Se quer matar aquelas pobres criaturinhas vai ter que me cortar em pedacinhos com a máquina de perfurar também.

Todos ficaram calados por um instante (quer dizer, menos os helicópteros, é claro).

Então uma corda caiu pelo telhado aberto de Lucy. Ela ergueu os olhos para ver o prefeito descendo pela corda jogada do helicóptero, as abas do seu chapéu pontudo balançando com o vento.

— Escute aqui, garotinha — ele gritou no seu megafone segundos antes de aterrissar com seus sapatos lustrosos batendo no chão do quarto de Lucy.

— Não. Escuta aqui VOCÊ — Lucy disse do seu megafone, em pé na sua cama para ficar da mesma altura do agora muito irritado prefeito. — Não vou sair daqui. Esse é o meu quarto. Minha casa. E você não tem o direito de trazer helicópteros para sobrevoarem aqui com a sua máquina grandona de furar e arrancar o meu telhado.

— Mas... mas... — o prefeito gaguejou. Nunca uma criança tinha falado com ele daquele jeito, fora Ella, e isso quando ela encontrava pelotas no abacate amassado dela ou quando queria ficar acordada até mais tarde.

— Nem mais, nem menos — Lucy continuou. — Aqui não é só a minha casa. É a casa deles também. — Ela apontou para as sombras embaixo da sua cama.

— Mas aquelas coisas nos levaram embora daqui! Quase nos fizeram virar crianças bagunceiras e bobonas! — o prefeito balbuciou.

— Sim. E eles estavam errados. Mas você errou tanto quanto eles.

— O quê?!

— Você ouviu muito bem! — A voz de Lucy rugiu pelo megafone alto o suficiente para Baforadina inteira ouvir. — Você, eu e todo mundo aqui em Baforadina. Estamos no mesmo barco que aquelas criaturas. Eles têm casas. Têm famílias. E estão cansados de nos ver jogar lixo fora quando eles conseguem fazer algo útil com ele. Nosso lixo pode ser transformado em uma caminha para um monstrinho. Pode construir a casa de uma família. Pode até iluminar uma cidade inteira! Deveríamos trabalhar juntos em vez de levar ou destruirmos uns aos outros. Podemos ter uma aparência diferente e podemos não ver o mundo do mesmo jeito, mas isso não significa que não podemos viver aqui em cima ou lá embaixo juntos. Em paz. Felizes!

Lucy olhou para fora do seu quarto em ruínas em direção à multidão reunida no final da rua, que estava escutando tudo o que ela dizia. E ela viu muitas pessoas concordando com a cabeça.

— Isso mesmo. Eu sou uma criança. Só uma criança. A criança que viu você correndo PELADO pela Terra dos monstros barulhentos.

O prefeito viu que Ella e a senhora Échata estavam na multidão. Ella colocou seus óculos em formato de coração e fingiu não conhecê-lo.

TOQUE A MÚSICA 10:

— A criança que trouxe todos vocês de volta para as suas famílias. — Lucy continuou. — A criança que sabe que se fizermos esse buraco vamos destruir os monstros barulhentos para sempre.

O prefeito não disse nada. Ele estava em choque com as palavras de Lucy. Ela conseguia ver o mundo com muito mais clareza do que qualquer adulto conseguia há muito tempo.

O prefeito curvou a cabeça, envergonhado.

— Lucy, tenho sido um tolo — ele suspirou, tirou o chapéu tricórnio e colocou na cabeça de Lucy. — Você lembrou a todos nós que às vezes as crianças conseguem ver a verdade que os adultos se esqueceram de como ver.

Ele ergueu o megafone e disse:

— Cancelem a enorme e gigantesca máquina de perfurar! — ele mandou com um aceno de mão, e os helicópteros na hora saíram carregando a máquina para longe.

— Nós fomos bem bobos, não é? — o prefeito disse para Lucy.

— Não, só foram adultos.

— Por acaso sabe o que devemos fazer agora? — o prefeito perguntou, envergonhado. Ele nunca tinha precisado perguntar para alguém o que fazer… ainda mais a uma criança.

Lucy olhou ao redor para a bagunça na qual ela estava. Ela não tinha paredes, nem teto, nem armário. Tudo o que sobrou era Lucy, o prefeito e a sua cama.

Ela sorriu.

— O que foi? — o prefeito perguntou.

— Acho que tive uma ideia.

CAPÍTULO VINTE E NOVE
A GRANDE IDEIA DE LUCY

— Certo, só mais uma casa — Lucy disse para o pai enquanto abaixava o vidro do caminhão de lixo fedorento.

Eles pararam em frente à casa de Ella.

— Boa noite, prefeito Échato — o senhor Fédor disse ao pular do seu caminhão dando uma batidinha alegre na aba da sua boina.

O prefeito saiu pela porta da frente, se equilibrando com três sacos pesados de lixo, enquanto a senhora Échata e Ella assistiam da porta, tentando conter suas gargalhadas.

— Boa noite, senhor Fédor. Boa noite, Lucy — ele disse.

— Gostei do seu pijama! — Lucy disse, tentando não rir ao ver o pijama de seda bem passado cor-de-rosa que o prefeito usava.

— Obrigado. Foi Ella quem me deu — ele resmungou. — Tudo pronto para hoje à noite?

— Sim, acho que está tudo pronto — Lucy respondeu do banco do passageiro do caminhão catinguento.

— Ótimo. Nos vemos quando o sol se pôr então, pequena Lucy. Torcendo para que o plano dê certo — disse o prefeito.

O senhor Fédor jogou os sacos de lixo do prefeito na caçamba do caminhão e pulou no assento do motorista.

— Nos vemos lá! — Lucy exclamou para Ella e acenou.

Eles zarparam pela rua silenciosa de Baforadina enquanto o sol se punha no horizonte.

— Lucy — disse o senhor Fédor. — Independentemente do que aconteça hoje à noite, estou orgulhoso de você.

— Obrigada, pai — Lucy disse. — Espero que funcione.

— Eu também, Lulu, eu também.

Eles pararam em casa, que estava consertada pela metade do estrago feito pela enorme máquina de perfurar. A senhora Fédor saiu pela porta da frente, deu a volta pelos andaimes e pulou no caminhão com eles. Ela usava um pijama com um roupão por cima e parecia estar pronta para dormir.

— Ah, é tão bom ter você em casa — ela disse jogando os braços em volta do pescoço do senhor Fédor e lascando um beijão nele.

— É bom estar em casa! — ele respondeu com um sorriso enorme.

— Pronta para a grande noite, Lulu? — perguntou a senhora Fédor.

— Eu estou. Espero que eles também estejam! — Lucy disse demonstrando uma pontada de nervosismo na voz.

Eles dirigiram pelas ruas até um lugar que o senhor Fédor conhecia como a palma das suas mãos. A placa que balançava bem na entrada dizia LIXÃO DE BAFORADINA.

Só que hoje estava bem diferente.

Não era mais o Lixão de Baforadina. Agora era Acampamento de Baforadina.

Assim que passaram pelos portões, foram recebidos por dois rostos conhecidos:

— Oi, senhor Espertalhone! Oi, Norman! — Lucy disse ao pular do caminhão. — Tudo indo como planejado?

— Está sim, Lucy! O acampamento está pronto e funcionando — respondeu o senhor Espertalhone.

— Sem lanternas, certo?

Norman ergueu um saco enorme cheio de lanternas apreendidas, e Lucy sorriu.

— Tudo conforme o planejado, Lucy. Palavra de escoteiro — Norman disse com uma saudação de escoteiro. — E por falar nisso... isso é para você.

Ele puxou um lenço verde e amarelo e um pequeno arganel do bolso. Ele colocou o lenço em volta do pescoço de Lucy, colocou o arganel e o endireitou.

— Bem-vinda à Tropa de Escoteiros de Baforadina — ele disse para ela com um sorriso.

— Aha! Temos um membro novo? — o pai de Norman disse, colocando seu chapéu de líder dos escoteiros na cabeça, animado.

Lucy olhou para os olhos esperançosos de Norman e então ao redor, para o trabalho incrível que ele e o pai dele tinham feito no Acampamento de Baforadina.

— Na verdade, são dois novos membros! — Lucy disse, ao ver que Ella tinha acabado de chegar. — Oi, Ella!

— Oi, Lucy. Boa noite, Norman — Ella disse, educada, sendo um perfeito anjinho fofo agora que o pai e a mãe estavam de volta.

— Ella, acabei de colocar seu nome para entrar na Tropa de Escoteiros de Baforadina comigo.

— Você o quê?! — Ella sussurrou, horrorizada.

— Isso mesmo. Agora você é uma escoteira.

— De jeito nenhum.

— A não ser que você queira que sua mãe descubra que saiu saltitante por Baforadina usando o vestido de noiva dela — Lucy sussurrou.

— Que notícia maravilhosa! — o senhor Espertalhone exclamou. — Novos membros são muito bem-vindos. Não temos muitos, não é, Norman? Nessas circunstâncias extraordinárias, fico feliz em presentear vocês com seus primeiros broches. — E então ele tirou dois broches e entregou um para Lucy e um para Ella.

— O broche de "começando uma nova aventura" — ele disse.

Lucy passou a mão para colocar seu cabelo para o lado, olhou para o pequeno broche e sentiu as bochechas corarem. Sem se dar conta, sua boca se curvou em um sorriso orgulhoso. Ela olhou para Ella, que tinha a mesma expressão no rosto, mas logo colocou seus óculos em formato de coração para esconder. De repente, elas souberam por que Norman levava seus broches tão a sério.

Norman apontou para o mesmo broche no seu casaco e deu um joinha para as duas.

— Se importam se eu perguntar como as duas ficaram sabendo da Tropa de Escoteiros de Baforadina? — o senhor Espertalhone perguntou.

Ella apontou um dedo acusatório para Norman. Lucy assentiu, concordando.

— Então, se não me engano, temos mais um broche para premiar esta noite — o senhor Espertalhone disse. — Por trazer uma ou mais pessoas para a nossa tropa, por fazer as pessoas se juntarem, Norman…

Norman se ajoelhou e parecia mais que estava sendo condecorado como cavalheiro pelo rei do que recebendo um broche do pai.

— ... eu lhe entrego o broche da amizade — disse o senhor Espertalhone, entregando o pequeno broche.

Lucy e Ella aplaudiram enquanto Norman encarava o broche. Ele soltou um suspiro.

— O que foi? — perguntou Lucy.

— É que... faz tanto tempo que quero esse broche — Norman disse baixinho.

— E agora você conseguiu, Norm! — Ella disse, dando um empurrãozinho nele.

— Eu sei, mas acabei de me dar conta de que não era o broche que eu queria — Norman disse, as bochechas corando. — E sim os amigos que vinham junto com ele.

Lucy colocou o braço em volta do ombro dele e deu um apertãozinho.

— Acho que vou vomitar — Ella resmungou.

— Lulu, está quase na hora — o senhor Fédor a chamou.

Uma multidão começava a se reunir no Acampamento de Baforadina. Várias famílias montavam suas barracas e colocavam cobertores no chão. O cheiro de chocolate quente fervendo nas fogueiras pairava pelo ar enquanto os adultos contavam histórias do tempo que passaram no Xobaime e as crianças mantinham suas aventuras em segredo.

— Já está quase na hora do pôr do sol — Lucy os ouviu sussurrar.

— Será que eles vão vir? — disse outro.

A multidão se dispersou, permitindo que o veículo catinguento do senhor Fédor passasse, com Lucy, Norman e Ella caminhando ao lado. O senhor Fédor pulou para fora e foi se juntar a Lucy, seu coração bateu forte quando viu uma coisa maravilhosa à sua frente.

Bem onde antes estava uma pilha enorme de lixo podre e fedorento agora estava algo maravilhoso. Uma coisa que só uma criança poderia ter cogitado. Uma enorme e gigantesca CAMA!

Quatro troncos grossos foram usados como pés e, quando se aproximaram, uma nuvem de helicópteros abaixava um colchão gigantesco do tamanho de um campo de futebol e um travesseiro colossal, feito de centenas de travesseiros de tamanho normal, que foi colocado em cima da cama.

Era a coisa mais incrível que Lucy já tinha visto na vida.

Embora parecesse uma cama feita para um gigante, ninguém dormiria ali. Não foi feita para dormir. Era o espaço fundo, escuro e sombreado embaixo da cama gigante que importava.

Enquanto o senhor Fédor e Lucy caminhavam em direção à cama enorme, a multidão torcia e gritava.

— Lá está ela!
— A Lucy.

Lucy descarregou os últimos sacos de lixo, nervosa, e os jogou em uma pilha de sacos de lixo fedorentos, móveis velhos e outras tralhas embaixo da cama.

Ela deu um passo para trás para admirar a montanha de lixo podre e catinguenta de Baforadina. Uma oferta de paz para os monstros barulhentos.

Então Lucy, sua mãe e seu pai encontraram um lugar em meio à multidão, pertinho da cama enorme. O senhor Fédor estendeu três sacos de dormir, em seguida colocou a mão no bolso e tirou uma coisa de lá.

— O que acha de tentar quebrar seu recorde, Lulu? — ele disse, balançando um pacotinho de ursinhos de gelatina com um sorriso no rosto.

— Impossível! — sua mãe disse com uma risadinha.

Lucy e o senhor Fédor se entreolharam e disseram juntos:

— Nada é impossível!

E os três caíram na gargalhada.

O sol se pôs devagar no horizonte de Baforadina. Todos olharam ansiosos para debaixo da cama enorme, esperando por qualquer indício de movimento.

A noite se prolongou e nada, os copinhos com chocolate

quente foram terminados, seguidos de bocejos cansados cada vez mais frequentes, enquanto as fogueiras foram reduzidas a brasas.

— Acho que eles não vão vir — Lucy ouviu alguém sussurrar.

— Não deu certo! — outra pessoa disse.

— O que vamos fazer agora?

— Vamos esperar! — Lucy disse. — Eles vão vir se a gente esperar!

Só que as horas se passaram e nem sinal de um monstro barulhento. Lucy encarou o máximo que pôde a escuridão embaixo da cama gigantesca, procurando qualquer indício de movimento. Mas não tinha nada ali além das pilhas de lixo sujo espalhando seu fedor pela noite.

Será que aquilo tinha sido uma ideia boba e infantil dela? Construir uma cama gigante, coletar o lixo da cidade inteira à noite e deixar ali para os monstros barulhentos pegarem?

Por favor, Resmungão, Lucy pensou.

Por favor, Pum, Lucy ansiou.

Por favor, Coceirinho e Funguento, Lucy desejou.

Ela não ousou tirar os olhos da escuridão. Ficou ali, olhando para as sombras. Para o breu. Para o nada.

Nada...

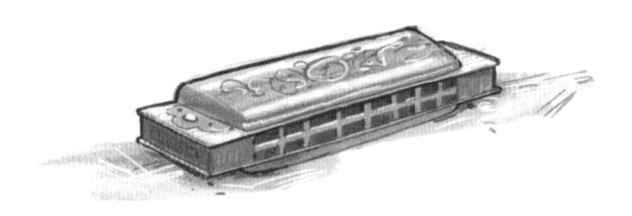

CAPÍTULO TRINTA
ACORDA, BAFORADINA!

Lucy acordou e se sentou. Sua cabeça girava. Seu coração batia forte. De alguma maneira, enquanto ela encarava o nada naquela escuridão, acabou pegando no sono.

Ainda estava escuro. As estrelas brilhavam sobre a sua cabeça enquanto ela olhava ao redor do Acampamento de Baforadina e via que todos também estavam dormindo.

O velho Cortez estava enrolado em seu roupão felpudo. Marta Página pegou no sono enquanto lia um livro.

O prefeito Échato roncava em seu megafone.

Tudo estava em paz.

Lucy suspirou ao olhar para seus pais dormindo. Mesmo se o seu plano não tivesse dado certo, uma coisa ela tinha conseguido: trazer os pais de volta. Não só de volta do Xobaime, mas agora eles estavam juntos de novo. Ela observou seus rostos felizes enquanto dormiam, ainda que seus olhos estivessem bem fechados, ela sabia que havia amor neles.

Mas não foi só isso que Lucy viu.

Ela se inclinou para ver os pais mais de perto.

Seu coração deu um pulo!

Os cantos dos olhos deles tinham um farelinho inconfundível de... **PÓ DE DORMINHOCO!**

Lucy olhou rápido para as demais pessoas ali. Todos tinham pó de dorminhoco em seus olhos também!

Ela ergueu a mão devagar para seu rosto e limpou o cantinho de seus olhos. Quando abaixou as mãos, seu coração bateu tão forte que ela tinha certeza de que acabaria acordando todo mundo. Ali, na ponta dos seus dedos, havia farelo dourado de pó de dorminhoco.

Lucy olhou para a cama gigantesca e abriu um grande sorriso.

Enquanto todos dormiam, a pilha enorme de lixo de Baforadina tinha misteriosamente desaparecido. Feito mágica. Do jeito que Lucy tinha planejado.

— Deu certo! — Lucy sussurrou para si mesma, com um sorriso de orelha a orelha.

Seu sorriso de repente foi saudado pelo calor do nascer do sol, se esgueirando acima das quatro árvores que serviam de pés da cama gigantesca enquanto espantava as sombras.

Lucy olhou ao redor para as pessoas da cidade que dormiam, felizes e sem saber que o plano dela tinha funcionado; que Lucy, uma criança, tinha encontrado um jeito de eles conviverem em paz. E que, apesar das suas diferenças, a coexistência de humanos e monstros barulhentos era possível.

Enquanto a luz do sol derretia a noite, substituindo as sombras pelo brilho quente e laranja da manhã, Lucy olhou para as últimas sombras que restavam embaixo da cama gigantesca, onde quatro pares de olhinhos brilhantes e pretos rapidamente sumiram para o mundo lá embaixo.

FIM

Então é isso. Fim. Acabou a história. Espero que tenha gostado. Como assim "o que vai acontecer depois?". Já escrevi FIM. Não posso escrever mais nada depois disso. A regra é clara.

... Ah, tá bom, vai. Só mais um pouquinho.

EPÍLOGO
AMANHANA

Resmungão, Pum, Coceirinho e Funguento se voltaram para o Xobaime, arrastando com eles sacos e mais sacos de lixo maravilhoso de Baforadina.

— Olha só toda essa bagunça catinguenta que nós conseguir! — Pum comemorou.

— Muito mais do que eu nunca pegar! — gritou Coceirinho.

— Todo esse lixo nojento esperar ali para nós pegar, simples assim! — soltou Pum, cheio de alegria fedorenta.

— Tudo graças àquela pequenina — disse Funguento, alegre.

Resmungão parou de repente e os outros monstros barulhentos deram com a cara nas costas dele. Ele se virou e encarou Funguento, olhando bem no fundo dos seus olhos. Um monstro barulhento nunca tinha falado bem de uma pequenina antes. Estavam acostumados a se esconder das crianças nas sombras embaixo das camas, se esgueirar por seus quartos e fazer monstrices por suas casas. Dizer algo bom delas era algo novo, algo estranho.

— O cérebro dele deve ter apodrecido — riu Coceirinho, tenso, preocupado que Resmungão estivesse bravo com Funguento. — Ele só precisa de um pouquinho de lama na taverna.

— Não... — sussurrou Resmungão. — Funguento ter razão! Se não fosse pela pequenina, esse lugar estar todo queimado pelo sol e todos nós virar pó. Ela nos salvar. — Ele olhou com admiração para Funguento. — E Funguento salvar a menina. O que significar que... Funguento nos salvar!

Funguento deu um chutinho no chão, todo sem graça, sem saber para onde olhar. Pum e Coceirinho ficaram perplexos.

As coisas estavam mudando no Xobaime – mudando para melhor.

— Olhar! — continuou Resmungão. — Nós conseguir lixo podre o suficiente em uma só noite para a semana toda! — Ele apontou para a pilha enorme de recompensas catinguentas que estavam arrastando atrás de si.

— Nós não precisar mais procurar todas as noites — concordou Funguento. — Agora nós poder...

— Passar mais tempo com nossos monstrinhos! — Resmungão interrompeu Funguento, o que o deixou surpreso, ele é que sempre interrompia os outros.

— Talvez os pequeninos não ser tão ruins no final — Funguento sugeriu.

Eles arrastaram os sacos pesados de lixo de Baforadina até as profundezas do Xobaime, tirando presentes com suas garras para dar aos monstros barulhentos com os quais cruzassem no caminho.

Para a senhora Bolha deram caixas e mais caixas com cascas

de ovos para reconstruir a escola monstro barulhento que tinha ruído.

— Obrigada! — ela exclamou quando aceitou, toda alegre.

Sargento Gargarejo e o Major Coalhada, dois policiais do Xobaime, ficaram com todo o coalho do leite para usarem de combustível nos carros de polícia do Xobaime.

Larva Encalhada e Lara Entupida, donas da mercearia Encalhada e Entupida, ficaram com todas as cascas de banana, vegetais apodrecidos e espinhas de peixe para venderem dentro de uma ou duas semanas, depois de passarem do ponto um pouco mais.

Por fim, Resmungão, Pum, Coceirinho e Funguento entregaram todas as delícias podres para os trabalhadores monstros barulhentos do Xobaime embaixo de Baforadina enquanto reconstruíam seu estranho lar. Os quatro monstros barulhentos foram recebidos com críticas e vaias. Eles tinham se tornado verdadeiros heróis.

Resmungão estivera pensativo, a mente focada em alguma coisa enquanto andavam pela cidade. De repente, ele pulou em cima de uma pilha de lixo e fez sinal para a multidão que se reuniu ali para que ficassem quietos.

— Prezados monstros barulhentos! — ele gritou e centenas de criaturas gosmentas correram para ouvir. — Nós começar uma nova era. Nós reconstruir um novo Xobaime. — A multidão vaiou, concordando. Resmungão continuou. — E esse novo Xobaime precisar de um novo rei!

Todos ficaram mudos. Resmungão ficou ali, em cima da pilha, parecendo o mais poderoso dos monstros barulhentos.

— RESMUNGÃO PARA REI! RESMUNGÃO PARA REI! — a multidão começou a cantarolar.

Resmungão ergueu a mão e o silêncio pairou mais uma vez, feito mágica.

— Ia ser uma honra seu rei ser — ele disse e a multidão vaiou em comemoração.

— **MAS!** — acrescentou Resmungão.

As vaias de repente deram lugar a sussurros confusos.

— Mas eu achar que esse novo Xobaime precisar de um rei com novas ideias. Um rei que pensar diferente — Resmungão exclamou, olhando bem nos olhos dos outros monstros barulhentos. — Alguém que não ter medo de ser diferente. De defender aquilo que acreditar ser certo.

— Ele se virou e de repente apontou sua garra para o monstro barulhento atrás dele.

— Alguém como Funguento!

A multidão arfou enquanto seus olhos se voltavam para o pequeno monstro barulhento coberto de verrugas que estava na sombra de Resmungão.

— Funguento ter a coragem de confiar na pequenina quando ninguém mais confiar. Ele ousar ser diferente. Funguento que salvar vocês! — gritou Resmungão ao ficar de joelhos e curvar sua cabeça careca para Funguento.

Uma pausa se seguiu enquanto centenas de monstros barulhentos encaravam esse monstro barulhento pequenininho. Então, um por um, eles se ajoelharam e se curvaram para o seu novo líder. Foi ele que ajudou a salvar o Xobaime.

Funguento encarou seu reino nojento e soltou um gritinho animado.

Resmungão anunciou:

— Viva, Vossa Podridão o Rei...

— FUNGUENTO! — interrompeu Funguento, descrente.

Os monstros barulhentos tinham um novo rei.

— Bem, então ser isso — disse Resmungão, distribuindo o que sobrou do fundo de uma última sacola de lixo entre Pum, Coceirinho e o Rei Funguento. — Levar o que sobrar para a casa para as suas famílias.

— Vejo vocês amanhana? — soltou Pum, soltando uma pequena bufa pelo traseiro.

— Não, amanhana, não. Acho que nós poder ficar um tempo de folga. — Resmungão sorriu. — Isto é, se o Rei estar de acordo.

— Ah, ser... sim! — Funguento gaguejou, ainda se acostumando com essa coisa toda de ser o Rei dos monstros barulhentos.

E, assim, Resmungão acenou para os três e os deixou ali no túnel sinuoso do Xobaime. Ele caminhou e não parou até chegar em frente a uma fenda escura na parede do Xobaime, a entrada da sua casa.

O cheiro horrível de couve-de-bruxelas fervendo se espalhava pelo ar, e ele respirou fundo o cheiro da comida terrível da sua esposa.

— Lar, azedo lar! — Ele suspirou ao entrar e foi recebido pelo som mais maravilhoso do Xobaime.

— Papai!

FIM... DE NOVO.

VOCÊ PODE OUVIR AS MÚSICAS QUE ACOMPANHAM ESSE LIVRO NO SEU APP DE MÚSICA FAVORITO. ESCOLHA UMA OPÇÃO ABAIXO E DIVIRTA-SE!

Spotify

Music

YouTube

deezer

MILK SHAKESPEARE

ESTA OBRA FOI IMPRESSA EM NOVEMBRO DE 2024